1

Karin Brose/Jörg Petersen

Ich seh' den Himmel

..aber die Straße bleibt im Kopf.

Ich seh' den Himmel,

      ...aber die Straße bleibt im Kopf

Jörg Petersen, mehrere Jahre obdachlos, im Gespräch mit Karin Brose – Einblick in ein bewegtes Leben.

Jörg Petersen, Hittfeld

Karin Brose, Hamburg

Ich seh' den Himmel

..aber die Straße bleibt im Kopf.

Impressum

Produktion Karin Brose, Hamburg 2019
Fotografien und Zeichnungen Karin Brose

Druck und Verlag:
BOD, Norderstedt
ISBN 9783749452811

Inhalt

Der Mann vor dem Aldi Markt

Wir kennen uns schon ein paar Jahre, der freundliche Hinz&Kunzt-Verkäufer und ich. „Kennen" ist vielleicht zu viel gesagt, aber jeden Freitag, wenn ich einkaufe, treffe ich ihn. Wie leicht sagt man „den kenne ich". Seit langer Zeit hast du Berührpunkte mit einer Person und irgendwie gehört sie damit in dein Leben. Aber „kennen"? Ich habe auch täglich durch die Presse Berührung mit der Kanzlerin. Aber kann ich sagen, dass ich sie kenne?

Der Zeitungsverkäufer ist jedoch inzwischen eine feste Größe für mich. Ich freue mich immer auf seine Ansprache. Wenn er einmal nicht an seinem Platz ist, ma-

9

che ich mir Gedanken, was wohl geschehen sein mag. Er schwänzt nämlich nicht.

Der sympathische Mann bietet bei Wind und Wetter vor dem Supermarkt seine Zeitung an. Mit vielen Kunden führt er Gespräche. Für jeden hat er ein freundliches Wort. Dieser Mensch strahlt etwas außerordentlich Positives aus. Viele der Kunden lassen ihren Euro, mit dem sie den Einkaufwagen geliehen hatten, nach dem Einkauf bei ihm. Nicht alle kaufen ihm seine Zeitung ab.

Erst seit kurzem weiß ich seinen Namen. Er heißt Jörg Petersen. Ich erfuhr ihn aus einem Pressebericht, denn Herr Petersen gehörte zu einer Delegation von armen Menschen, die vom Papst nach Rom eingeladen waren.

Inzwischen hat er einen zweiten Standort, wo er das Straßenmagazin anbietet. Der Besitzer des anderen großen Supermarktes Vorort hat ihn gebeten, doch bitte zwei Mal pro Woche auch vor seinem Geschäft zu stehen. Nun finden Kunden Herrn Petersen Dienstag und Freitag am Nachmittag dort. Und er ist auch hier eine echte Bereicherung.

Als ehemals Obdachloser setzt sich der sehr engagierte und aktive Mann jetzt zusammen mit Hinz&Kunzt für das Wohl der Noch-Obdachlosen ein. Für die Petition an den Bürgermeister, die Winternotquartiere auch tagsüber zu öffnen, hat er fast 110000 unterstützende Unterschriften gesammelt. TV, Presse und Funk reichen Jörg Petersen herum. So ungewöhnlich wie bemerkenswert ist es, dass aus diesem Milieu eine Stimme kommt. Eine Stimme, die man hört.

Ich habe ihn gefragt, ob er wohl über sich und sein Leben erzählen mag, denn ich denke, dass das viele Menschen interessieren wird. – Er hat mich angelächelt in seiner bescheidenen Art und er hat „ja, gern" gesagt.

Zu einem Vorgespräch treffen wir uns im Café des Supermarktes. Wir verstehen uns auf Anhieb und geraten ins Klönen. Ein älterer Kunde kommt auf uns zu und fragt mich, ob mir der Mercedes mit dem Kennzeichen xyz gehört. Ich verneine. Dann fragt er Herrn Petersen. Der lächelt ihn freundlich an und sagt bierernst „Ich habe gar kein Auto". Wir beide wissen, dass dieser Spruch aus einer Kaffeewerbung ist und prusten los.

Wir lachen bis wir total außer Atem sind. Der Frager schaut genervt, vorbeigehende Kunde scheinen leicht befremdet. Was gibt es hier zu lachen?

Uns ist klar, dass es bereits zahlreiche Bücher auf dem Markt gibt, die von Obdachlosigkeit oder dem Leben auf der Straße handeln. Nun werden Sie vielleicht fragen: „Und warum dann noch eines?" Die Antwort liegt auf der Hand. Herr Petersen ist ein Mensch, der es geschafft hat, der Straße zu entkommen. Er steht hier für zahlreiche andere, deren Schicksale wir aus unserem Alltag gern ausblenden, von denen wir wenig oder gar nichts wissen, die aber unsere Beachtung verdienen. Ich freue mich, wenn es unser kleines Buch schafft, viele Leser zu erreichen, wenn Sie nach dem Lesen sagen: „Gut." Wir erheben keinen Anspruch auf Vollständigkeit. Wir geben individuelle Eindrücke und Ansichten von Jörg Petersen weiter.

Im Folgenden erscheint unverändert alles, was Herr Petersen erzählt, kursiv gedruckt.

– Karin Brose

Auch Obdachlose haben eine Ehre

2000 bis 2500 Menschen ohne festen Wohnsitz leben derzeit auf Hamburgs Straßen.

Als Gründe für den steten Anstieg dieser Zahlen werden unter anderem die EU-Freizügigkeit, der angespannte Wohnungsmarkt, neuerdings hohe Flüchtlingszahlen sowie prekäre Arbeitsbedingungen genannt.

Es ist zu beobachten, dass die Obdachlosen immer jünger und internationaler werden. Auch der Frauenanteil wächst. Zudem kann man davon ausgehen, dass die Dunkelziffer deutlich über den Schätzungen liegen dürfte, da viele Obdachlose nicht auffallen wollen und an unauffälligen Orten, wie im Wald oder in Parks leben.

Von manchen als Penner oder auch Berber beschimpft, ziehen Menschen ohne festen Wohnsitz durch die Stadt. Manche mit Gepäck, andere ohne. Einige sprechen in der Öffentlichkeit dem Alkohol zu, andere sitzen nur so da. Dem einen oder anderen sieht man an, dass er krank ist. Den Kommentar der Vorübergehenden nehmen sie ohne Reaktion zur Kenntnis. „Die sollten lieber arbeiten, faules Pack!" Manche campieren mit ein zwei Hunden am Straßenrand. „Haben selbst nix, aber zwei große Hunde!" Kopfschütteln. Hin und wieder verirrt sich einer in ein Restaurant und versucht dort sein Glück, an ein wenig Unterstützung zu kommen. „Bei allem Verständnis, aber hier muss der nun nicht auflaufen." Solche Kommentare sind noch die Harmloseren. Immer wieder werden Obdachlose zusammengetreten oder mit Messern angegriffen. Neulich haben Jugendliche versucht, einen schlafenden Mann anzuzünden. Und nicht immer sind die Täter rechtsgerichtete Menschen, es sind auch Obdachlose selbst, die andere aus Neid bekämpfen.

Beschimpfungen sollte man zu ignorieren versuchen. Das ist schwer und gelingt nicht immer. Häufig führen sie zu heftigen Wortgefechten, wenn es ganz schlecht kommt, auch zu körperlichen Auseinandersetzungen, wenn man darauf reagiert.

Sogar Menschen mit Migrationshintergrund attackieren Obdachlose! Die sind für sie ehrlose Menschen, weil ihre Familien sich nicht um sie kümmern. Wenn also Angehörige es zulassen, dass jemand auf der Straße leben muss, bedeutet das für diese Leute, dass derjenige wohl ehrlos sein muss.

Als Obdachloser wirst du häufig schief angeguckt. Schon weil du viel Gepäck mit dir rumschleppst. Rucksack, Schlafsack und was du sonst noch so hast. Außerdem lassen deine Hygiene und deine Kleidung darauf schließen, dass bei dir was nicht in Ordnung sein kann. Aber in Wirklichkeit will keiner so genau wissen, warum einer so heruntergekommen aussieht. So was kommt in seiner heilen Welt eben nicht vor.

Das ist mit die Ursache dafür, dass Obdachlose sich von der Gesellschaft abkapseln und sich in ihr Schicksal ergeben. Man fühlt sich verstoßen und ausgeschlossen vom normalen Leben. Sobald du die Möglichkeit hast, dich wieder um dein Äußeres zu kümmern, wirst du auch wieder als Mensch wahrgenommen. „Kleider machen Leute", das ist schon sehr wahr.

Leider habe ich als Obdachloser aber meist nicht die Möglichkeit, mich täglich vor den Spiegel zu stellen und mir frische Klamotten aus dem Schrank zu nehmen.

Wenn ich draußen geschlafen habe, hab ich manchmal für mindestens 4 € ein paar Sachen im Schließfach gebunkert. Manchmal bin ich zum „Stützpunkt" gegangen. Da konnte ich von morgens bis abends 18 Uhr meine Sachen einstellen. Aber dann musste ich sie wieder abholen. Und dann?

Selbst wenn es nicht regnet, müffeln die Sachen im Rucksack. Deshalb hat man möglichst wenig davon. Da gilt auch für den Schlafsack. Den lüftest du im Park aus, aber was ist, wenn es regnet?

Waschcenter sind teuer. Zwar kann man seine Sachen und den Schlafsack auch in sozialen Einrichtungen reinigen, aber wie soll der trocknen?

Obdachlose sehen oft nicht besonders gepflegt aus. Manche sind sogar verwahrlost und dreckig. Schmutzige Kleidung, meist mehrere Lagen übereinander und verfilztes Haar, sichere Zeichen dafür, dass da jemand anders lebt als die Mehrheit. So manchem Bürger sind sie ein Dorn im Auge, diese Anderen. Das kann verschiedene Gründe haben. Die Größe des Dornes richtet sich meist nach der Befindlichkeit und den Lebensumständen der Betrachter selbst. Zum Beispiel der, der da am Rande des Gehwegs lang ausgestreckt auf dem Rücken liegt. Seine Beine sind breit geöffnet, so dass man den großen feuchten Fleck dazwischen sehen kann. Seine Kleidung ist dreckig, das Haar verfilzt. Neben sich hat er einen Pappteller gestellt, auf den Passanten Geld legen sollen. Zur Animation hat er schon mal 30 Cent darauf verteilt. Der Mann schläft. „Guck dir das an!" hört man einen Vorbeigehenden sagen, „der will sein Geld im Schlaf verdienen." – Und dann verächtlich: „Pack."

Wer obdachlos ist, der hat keine Bleibe, kein Zuhause. Er ist wohnungslos aber nicht ehrlos. Obdachlos heißt auch ein Leben in „Freiheit", obwohl man ja trotzdem gefangen ist in einer Welt voller Vorurteile und gesellschaftlicher Ausgrenzung. Das ist kompliziert.

Und die Gründe für das Leben da draußen sind vielfältig.

Manche wollen eben einfach frei sein. Die haben einen Freiheitsdrang, der nicht in das normale Leben heute passt.

Andere schaffen ihr Leben einfach nicht.

Viele wollen sich vom Durchschnittsbürger unterscheiden, die wollen auffallen, um jeden Preis anders sein. Wie zum Beispiel die Punks.

Aber alle wollen oder können keine Verantwortung tragen. Meist sind die Ursachen dafür schon im Elternhaus zu suchen. Die Obdachlosen glauben trotzdem, dass ihr Leben schon irgendwie weitergehen wird, obwohl sie resigniert haben, was ein normales Leben angeht. Das ist ein ständiger Kreislauf.

Die Richtung bestimmst du

Was macht dein Leben aus?
Wohin soll es gehen?
Was machst du draus?
Kannst du dich sehen?
Zufriedenheit wär schön.
Nicht nach den Sternen streben,
nur auf sich selber sehen,
gern anderen was geben.
Bescheidenheit wär gut.
Nicht immer mehr zu wollen,
wär man doch auf der Hut,
allein dem Sein Dankbarkeit zu zollen.
Ehrlichkeit wär richtig.
Nicht die Wahrheit zu verbiegen,
was gestern war ist nichtig,
neuer Mut kann siegen.
Liebe wäre wunderbar.
Nicht mäkeln und monieren,
denn eins ist sonnenklar,
man kann sie auch verlieren.

Leben auf der Straße

Dabei ist das Leben da draußen nicht leicht. Es hängt alles von Logistik ab.

Man muss ja sein gesamtes Leben regeln, nur eben ohne Wohnung. Das heißt, man hat auch nicht den Schutzraum, den so eine Wohnung bietet. Es geht also den ganzen Tag und bei allem, was ich tue darum, meine kleine Habe nicht zu verlieren. Wenn mein Schlafsack und die Isomatte weg sind, na ja..

Das Wichtigste ist eigentlich der Schlafplatz, das heißt, wo baue ich abends Platte auf? Nach Möglichkeit natürlich nicht in einer zu einsamen Gegend. Da hat man Angst vor Übergriffen. Wenn es geht zu zweit oder zu dritt. Das bewahrt einen nicht nur vor Einsamkeit, es bietet auch mehr Schutz. Prima ist es, wenn man von

20

einem Ladeninhaber die Erlaubnis kriegt, im Ladeneingang zu schlafen. Das ist gar nicht so selten, denn wo Obdachlose vor der Tür liegen, fühlen sich Einbrecher nicht eingeladen. Aber sichere und überdachte Schlafplätze sind rar und hart umkämpft.

Im Gegensatz zu Jörg Petersens Bedürfnissen, gibt es auch Menschen, die genau das Gegenteil leben. Sie suchen die Abgeschiedenheit der Natur. Manche verschmelzen geradezu mit ihr, indem sie Tarnfarben tragen oder ihr Hab und Gut mit ähnlichen Farben bedecken.

Dann muss ich klären, wo ich meine Wäsche waschen kann und wo ich duschen kann.

In Hamburg kann man das in den Tagesaufenthaltsstätten, im Herz As oder auch in der Bundesstraße. Duschen kann man am ZOB.

Und man muss ja auch essen. Ich muss mich also kümmern.

Essen bekomme ich als Obdachloser in Tee- und Wärmestuben, wie z.B. der Alimaus, bei Schwester Petra oder auch in der TAS Bundesstraße. Am Mitter-

nachtsbus, der durch die ganze Stadt fährt, werden heiße Getränke und auch Brote und Obst verteilt.

Das sind zum Teil staatliche Einrichtungen, aber auch die Kirche ist aktiv. Und es gibt private Initiativen.

Natürlich muss ein Obdachloser auch irgendwie an Geld kommen. Ohne geht es eben nicht. Das fängt an beim Schnorren. Man fragt Passanten nach Kleingeld.

Der Normalbürger kann diese Situation nicht einschätzen. Er fragt sich, wie man das schafft. Wie der erste Schritt gelingt, die Peinlichkeit zu überwinden, Fremde um Geld zu bitten. Das Gefühl, sich so klein zu machen, sich selbst einzugestehen, dass man von Almosen abhängig ist, ist ein Existenzielles. Herr Petersen spricht von der Würde, die einer hat, dass auch ein Obdachloser nicht ehrlos ist. Gebe ich diese Ehre nicht auf, wenn ich schnorre? Oder macht die Not kompromisslos?

Ich gebe ja nicht meine Ehre auf, wenn ich Bedürfnisse habe, die ich mit eigenen Mitteln nicht decken kann. Schnorren ist zwar die unangenehmste Art zu Geld zu kommen, aber es kommt halt drauf an, wie man das rüberbringt.

Die meisten schnorren ohne Worte. Es kommt selten zu Gesprächen zwischen Schnorrer und dem, der um etwas gebeten wird.

Ich habe es auch versucht, aber mir persönlich war das sehr peinlich. Es kostet große Überwindung, fremde Leute nach Geld zu fragen. Vielleicht bin ich auch zu ehrlich. Manchen fallen ja rührende Geschichten ein, wie ein Trauerfall oder sie wurden angeblich beklaut und haben alles verloren oder sie müssen angeblich in den Knast, wenn sie nicht sofort Geld bezahlen. Erstaunlich ist, dass das leichter wird, sobald die ersten Erfolge da sind. Man wird immer selbstsicherer. Die meisten, die schnorren, bauen dann eine Geschichte auf um an größere Summen zu kommen. Da gibt es zum Beispiel das Ding mit der Fahrkarte. Man startet mal mit dem Schnorren für eine Tagesfahrkarte im HVV Bereich. Wenn man dann mutiger wird, bettelt man um Geld für eine teurere Fahrkarte.
Natürlich gibt es auch andere Möglichkeiten, an Geld zu kommen. Man sammelt zum Beispiel Pfandflaschen. Das kann sich an manchen Plätzen richtig lohnen.

Das Wort „lohnen" könnte hier zu Missverständnissen führen. Flaschenpfand lohnt sich nicht, denn pro Flasche gibt es nicht viel. Wichtig aber zu wissen, dass manche von diesem Wenigen leben.

Meiner Ansicht nach geben Bettler, die mit einem Pappschild am Straßenrand sitzen, eher ihre Würde auf. Jeder sieht auf sie herab. Nichts findet mehr auf Augenhöhe statt. Man begibt sich selbst ganz nach unten und wird dafür auch oft verbal mit Füßen getreten. Leider sind diese Menschen ja inzwischen Teil des Stadtbildes.

Das Straßen–Magazin

Hinz&Kunzt, das Straßenmagazin, ist wohl der einzige Arbeitgeber, der Alkohol- und Drogenabhängige beschäftigt, wenn es auch strenge Regeln gibt. Wer stark alkoholisiert ist, darf sich weder in der Vertriebsstelle aufhalten, noch bekommt er Zeitungen zum Verkauf. Wer Haschisch oder Gras konsumiert, darf auch das nicht in der Vertriebsstelle oder am Verkaufsplatz tun. Sozialarbeiter und Streetworker geben Hilfestellung im Umgang mit Beratungsstellen.

Wer bei Antritt seiner Verkaufstätigkeit wohnungslos ist, kann bei Hinz&Kunzt Verkäufer werden.

Die Verkaufsplätze werden von Hinz&Kunzt zugeteilt. Als Neuling beginnt man in der Innenstadt um bei Fra-

gen und Problemen möglichst schnell in den Vertriebs-räumen zu sein.

Nach zwei Wochen kann ich mich um einen Wochen-platz bewerben. Es kommt darauf an, wo Verkaufsplät-ze frei sind.

Tagesplätze muss ich täglich morgens oder nachmit-tags eintragen. Wochenplätze werden mittwochs gesi-chert und abgehakt.

Solche Wochenplätze können später in Festplätze umgewandelt werden, wenn der Verkäufer den Platz regelmäßig aufsucht und dort gut verkauft, immer vo-rausgesetzt natürlich, dass keine Beschwerden kom-men.

Der Verkäufer kauft die Zeitung für 1,10 €. Er ver-kauft sie für 2,20€.

Aber der Verlag tut ja noch mehr.

Drei Sozialarbeiter gehören zum Stammpersonal. Regelmäßig kommen Anwälte zu Beratungsgesprächen.

Man kann da auch mit seinen Sorgen auflaufen. Es ist jemand da, der einem zuhört und vielleicht berät. Egal, ob man Stress mit der Familie hat, mit dem Amt oder ob man auf Wohnungssuche ist. Bei so manchem baut sich durch Hinz&Kunzt das Selbstwertgefühl wieder auf, das er auf der Straße verloren hat. Zumal alle dort gleich behandelt werden. Aktionen werden gewürdigt und bekommen Applaus, aber dann geht's wieder zurück zur Normalität.

Die Vertriebler waren zum großen Teil selbst obdachlos. Die kennen also die Probleme und können einen verstehen.

Wichtig ist der Kaffeetresen im Vertrieb. Da bekommen wir Verkäufer Kaffee, Kakao oder Tee. Wir können mit Kollegen reden oder einfach nur nicht allein sein. Nach der Mittagspause wird der Tresen zur Essensausgabe, dann gibt es da Lebensmittel von der Hamburger Tafel. Außerdem können die Verkäufer auch Kleidung bekommen. Es gibt eine Dusche und uns steht ein Computer zur Verfügung.

Das Vertriebsteam organisiert auch Skatrunden. Jedes Jahr gibt es ein Sommerfest und eine Weihnachtsfeier. Hin und wieder wird ein Ausflug angeboten.

Was es immer gibt, ist das Verkäuferessen am Erscheinungstag jeder neuen Ausgabe. Dann kochen

Hinz&Künztler aller möglichen Nationen für alle. Das sind bis zu 100 Menschen.

An einem Sonntag im Monat wird ein Frühstück angeboten. Davor wird eine kleine Andacht gehalten.

Frau macht „Platte"

Wie leben Obdachlose? Stellen wir sogenannten Normalbürger uns diese Frage überhaupt? Sind wir ehrlich, sehen, weggucken, was anderes denken – oder? Die meisten wollen doch mit diesem Elend lieber nichts zu tun haben.

Man zieht durch die Stadt. Man klappert die Orte ab, wo man Bekannte trifft. Eigentlich ist man ständig rastlos und fragt sich wohin. Besonders im Winter ist das schlimm. All deine Gedanken reisen darum, wo du dich aufwärmen und in Ruhe aufhalten kannst. Ab und zu sucht man in der kälteren Jahreszeit eine Tee- und Wärmestube auf um sich kurz aufzuwärmen, einen Tee zu trinken oder etwas zu essen. Hier kann man auch Kontakte knüpfen oder einfach mal abschalten. Das ist ja nicht ohne Stress da draußen.

Stress bedeutet das Leben auf der Straße besonders auch für Frauen, deren Anteil hier wächst.
Oft frage ich mich, wie Frauen es aushalten, auf der Straße zu leben. Manche Frau ist schon unsicher, wenn sie nachts spät nach Hause kommt. Diese Frauen sind im Schlaf in irgendwelchen Hauseingängen oder unter Brücken allem und jedem schutzlos ausgeliefert! Sie sind nie sicher vor sexueller Ausbeutung und Übergriffen. Ich genieße mein Badezimmer. Wie regeln das die obdachlosen Frauen in öffentlichen Toiletten? Meine Garderobe ist mir wichtig. Wie fühlen sich Frauen, die drei Hosen und vier Sweatshirts übereinander unter zwei Mänteln tragen, damit sie nicht erfrieren?

Das Leben der obdachlosen Frauen ist gefährlich. Bevor Frauen auf die Straße gehen, verharren sie meist auch in unguten Beziehungen, bis es gar nicht mehr geht.

Bekannt ist die Frau, die mit fünf Einkaufswagen voller Hab und Gut durch die Stadt zieht. Wenn sie mit ihrer kleinen Karawane aus rumpelnden Metallwagen eine Straße überquert, kann das dauern, denn bis alles drüben ist muss die Frau 10 mal hin und her gehen.

Ein anderer Fall ist die ungewöhnliche Geschichte von Nicole, die durch die Presse ging und durchaus polarisiert. Ich beziehe mich an dieser Stelle auf Huffingtonpost, einen Blog (http://www.huffingtonpost.de/entry/obdachlos-hamburg-wohnungslos_de_5a9e57dbe4b0479c02568b79), in dem Nicole über ihr Leben erzählt.

Hamburger Künstlerin: Ich bin obdachlos und niemand sieht es

Ich kann auch ohne Wohnung und Geld glänzen....
Ich bin Kunstmalerin, seit 20 Jahren erfolgreich, aber nicht reich. So bin ich ungeplant obdachlos geworden. Ich habe mich nie geschämt – bin eher stolz auf mich, denn ich kann auch ohne Wohnung und ohne Geld glänzen...
Ich verzichte absichtlich auf staatliche Gel-

der, weil ich mich so ganz auf meine Kunst konzentrieren kann, ohne mich vor den Ämtern rechtfertigen zu müssen.

...Ich fing an, Pfandflaschen zu sammeln – in Rüschenhemdchen und Samtröckchen. Oft spürte ich dabei die Blicke der Passanten. Wer mich auf der Straße sah, dachte wohl kaum, ich sei obdachlos. Ich duschte und pflegte mich genauso wie früher, als ich noch in einer Wohnung lebte. Ich wusch und bügelte meine Wäsche, putzte meine Schuhe, machte Sport und hatte Spaß daran, mich schick zu kleiden und meine Haare zu stylen. Eine Zeit lang tat ich all das auf einer öffentlichen Toilette. Das klappte perfekt.

...

Später jedoch lernte ich die Angebote der Wohnungsloseneinrichtungen in Hamburg zu schätzen.

Dort konnte ich meine Wäsche waschen und flicken, duschen, mich mit Lebensmitteln eindecken, kochen oder günstig ein warmes Essen kaufen. Es gab sogar die Möglichkeit, Telefone und Computer

zu nutzen und für wenig Geld zum Friseur zu gehen.

Ich ging oft ins Hotel Vier Jahreszeiten

...

Dort war ich tatsächlich auch oft, um in einer an-
gemessen Umgebung meinen täglichen Schreib-
arbeiten nach

zugehen. Ich ging auch ins Kino und ins Theater,
ich ging tanzen und amüsierte mich – ohne viel
Geld.

Ich fühlte mich durch das Flaschensammeln nie-
mals degradiert – wieso auch. Man beseitigt Müll,
tut nicht nur was für die Umwelt, sondern hält
auch noch den Körper fit. Auf mein übliches Wal-
king konnte ich in dieser Zeit verzichten. Ich lief
circa 20 Kilometer pro Tag.

...

Jeden Tag sparte ich 50 Cent von meinem Flaschengeld und legte mir mehrere Spardepots an –
für nützliche Dinge und für Vergnügungen. So
konnte ich mir schließlich ein Tablet und Smart-
phone leisten.

Ich hatte einen sehr geregelten Tagesablauf: Ich stand immer zur selben Uhrzeit auf, machte Sport und ging zu meiner Lieblingssuppenküche ...

An den Wochenenden und zu jeder anderen freien Minute saß und sitze ich heute noch in meinem Lieblingscafé an der Binnenalster, wo ich bei einem Kaffee oder Tee kostenlos ins Internet gehen oder auch mal das Handy oder Tablet aufladen kann.

......

Wie es weiter geht, steht noch in den Sternen. Sicher ist aber, dass ich weiter an meinem Ziel arbeite, reich zu werden – mit oder ohne Dach über dem Kopf.

Solche Darstellung befremdet. Mancher fühlt sich zu Hohn aufgefordert. Ich zitiere aus o.g. Blog:

<Diese Obdachlosen-Romantik zeigt doch, dass Obdachlosigkeit eigentlich überhaupt nicht sooo schlimm ist. Wenn man Hunger hat, geht man ins Tafel Restaurant. Wenn es kalt wird, knuddelt man sich in alte Zeitungen und hat vielleicht sogar noch Glück, wenn das Kreuzworträtsel ungelöst ist.

Durch das tägliche Nachschauen im Mülleimer, fördert man sogar seine Gesundheit. Dagegen ist so manches Raumklima in Wohnungen schädlicher als das freie Durchatmen unter der Brücke.

Und wenn man Scheiße frisst, denkt man sich eben, das ist Marmelade

NOBLESSE AU PLÜSCH, vornehm geht die Welt zugrunde.

Meine Meinung dazu, dass dies alles gequirlter Dünnpfiff ist, verkneife ich mir natürlich. Denn ein Sonnenaufgang bei -5 Grad, ist immer noch ein Hoffnungsschimmer am Horizont. Und was will man mehr?

Oder aber es trifft ganz naiv ins Schwarze:

Ein Leben ohne diesen ganzen "Besitzballast" kann auch schön sein. Wer viel hat und immer mehr will muss immer mehr arbeiten und Zeit aufwenden um das in Ordnung zu halten und zu finanzieren..>

*

Ich möchte betonen, dass ich hier nicht meine Meinung wiedergebe, sondern lediglich den Blog zitiere.

Nicole ist sicher ein ganz besonderer Fall und man sollte sich vorsehen, Urteile zu fällen, ohne sie und die Umstände genau zu kennen.

Herr Petersen sieht die Lage der Frauen positiver, als die der Männer.

Meines Erachtens nach, leben mehr Männer als Frauen auf der Straße, wobei man sagen kann, dass Frauen besser vernetzt sind, als Männer. Die haben meist mehr soziale Kontakte. Die Unterbringung in Frauenhäusern oder der Kemenate erleichtert teilweise den Frauen den Rückweg in eigene vier Wände.

Männer hingegen liefern sich Revierkämpfe, streiten um Schlafplätze oder um die Macht, um ihre Position. So gibt es in Wohnheimen dann schon mal „Gruppierungen", gegen die man sich als Neuling erst mal behaupten muss.

Schön wär's

Es strahlen tausend Lichter
früh abends in den Straßen
tausend verschiedene Gesichter,
die über alle Maßen
gestresst schauen.
Frauen,
die nach Hause hetzen,
U-Bahntreppen runterwetzen,
Kinder warten auf Abendbrot.
Mancher ist in Not.
Viele haben nichts zu essen,
als hätte das Leben sie vergessen.
Nicht jeder hat ein Heim,
nicht jeder kann zu Hause sein.
Nimm dir die Zeit, an andere zu denken,
ihnen Fürsorge zu schenken.
Sorgen müssen schwinden,

dass auch sie die Lichter finden

Gründe gibt es genug

Man sagt, dass die Sozialisation eines Menschen, also der Ort, die Familie, in der er aufwächst, wichtig ist für seinen Werdegang. Eine intakte Familie ist nicht hoch genug einzuschätzen. Wenn ein Kind lernt, Probleme zu lösen, wenn es Liebe und Geborgenheit erfährt, trägt das zur Festigung seiner Persönlichkeit bei. Wenn es Vorbilder hat, z.B. die Eltern, lernt es auch, mit Belastungen und Enttäuschung umzugehen. Wenn man eine solche Sicherheit in der Kindheit nicht erfährt, kann das bedeuten, dass man bei auftretenden Problemen, sei es in der Partnerschaft, sei es am Arbeitsplatz, seien es Schicksalsschläge anderer Art, nicht umgehen kann. Das hat oft zur Folge, dass Menschen die Verantwortung für sich selbst nicht übernehmen wollen und können. Die Folgen? Flucht in Alkohol- oder Dogenkonsum, finanzielle Verpflichtungen werden nicht mehr wahrgenommen, man macht Schulden, man hält die Regeln der Gemeinschaft nicht mehr ein. Menschen wenden sich von einem ab, weil sie mit dieser Haltung nichts zu tun haben wollen. Ehepartner gehen, die Wohnung wird gekündigt. Es gibt laut http://hilfspunkt.bplaced.de/index.php/obdachlos/informationen-ueber-obdachlosigkeit, Statistiken, die besagen, dass über 40% der Betroffenen ihre Wohnung ohne Kündigung des Mietvertrages verlassen. 18% wird vom Vermieter gekündigt und 23% werden gekündigt und dann zwangsgeräumt.

Obdachlos zu sein und zu bleiben hat vielfältige Gründe, zum einen, dass Hilfsangebote nicht immer angenommen werden. Wenn sich Männer, die Tage auf der Straße gemeinsam verbringen, vor der Nachtunterkunft voneinander verabschieden „Bis morgen!", weil einer da nicht reingehen will, versteht das ein Außenstehender nicht. Manche halten das Gefühl der Enge in geschlossenen Räumen einfach nicht mehr aus. Man weiß von

Menschen, die obwohl sie wieder eine eigene Wohnung haben, trotzdem zuweilen mit ihrem Schlafsack draußen auf dem Balkon schlafen. So mancher traut sich auch nicht in der Unterkunft zu übernachten, aus Angst um seine kleine Habe.

Obwohl jeder, der kommt, auf Waffen und Alkohol kontrolliert wird, passiert noch genug.

Die Menschen in den Übernachtungsstätten sind nicht nur Wohnungslose und Bedürftige, hier laufen auch mal Kriminelle und organisierte osteuropäische Familienrauf. Die werden am Abend dort abgeladen und morgens wieder abgeholt um auf der Straße gezielt zu betteln. Ins Winternotprogramm werden diese jedoch nicht aufgenommen.

Die Geschichten, die die Mitarbeiter in den Unterkünften zu hören bekommen, sind oft so traurig, dass man weinen möchte. Nur wer das aushalten kann, kann diesen Job tun. Die, die es aushalten, berichten, dass von den Besuchern natürlich auch viel erfunden wird, um sich die eigene Wahrheit so zu biegen, dass sie sie selbst ertragen können. So ändern sich die Geschichten bei ein und derselben Person manchmal von Tag zu Tag.

Nicht jeder, der zur Nacht hier einkehrt, schläft. Manche sitzen die ganze Nacht im Aufenthaltsraum, spielen Karten oder hören Musik. Einige sitzen einfach nur da und starren vor sich hin.

Ganz deutlich muss man sagen, dass es viel zu wenig Hilfsangebote und Wohnungen gibt.

Obdachlosen Trinkern fällt es sehr schwer, von ihrer Sucht loszukommen. Das hängt nicht nur am Suchtfaktor oder daran, dass man mit Alkohol so schön vergessen kann. Das hat auch damit zu tun, dass sich diese Menschen in Gruppen aufhalten, die auch Alkohol konsumieren. Ein Aussteigen aus dieser Gruppe würde zwangsläufig zum Verlust von Kumpanen oder Freunden führen. Der Gruppenzwang wirkt also bindend.

Und wie will man einem Obdachlosen helfen, vom Trinken zu lassen, wenn man weiß, dass der keine andere Zuflucht hat? Optimal wäre wohl, mit Vertrauen eine sinnvolle Tätigkeit anzubieten, die den Obdachlo-

sen aus seiner Situation – keine Wohnung, keine Freunde, kein Job – holt. Vielleicht würde so mancher wieder Hoffnung in sein Denken kriegen. Obdachlose brauchen „gute Erfahrungen" um wieder Licht am Ende des Tunnels zu sehen.

Nur weil Menschen auf der Straße leben, darf man ja nicht glauben, dass alle faul sind. Klar gibt es die, die keinen Bock auf nix haben. Aber es gibt auch die anderen, die den ganzen Tag auf der Suche nach Beschäftigung sind. Sie sammeln Flaschen, verkaufen Hinz&Kunzt oder besuchen soziale Einrichtungen. Obwohl viele Obdachlose resignieren, weil sie es allein nicht wieder auf den rechten Weg schaffen, sollte man sie nicht als faul verurteilen.

Eine Statistik sagt, dass die durchschnittliche Verweildauer in der Obdachlosigkeit etwa 4 Jahre beträgt, 11% sind länger als 10 Jahre obdachlos.
Manche haben aber Hilfe, denn für eine ganze Anzahl von Bürgern wird unsere Gesellschaft durch ethische Grundsätze zusammengehalten und nicht durch wirtschaftliche. Sie lassen sich nicht durch Äußerlichkeiten

42

schrecken. Sie geben Geld, ohne zu fragen, wofür der Empfänger es umsetzt. Sie respektieren Obdachlose und manche helfen einfach. Hilfe wird benötigt bei der Einteilung des Geldes, bei der Arbeits- und Wohnungssuche. Rechtsfragen und Krankenversorgung müssen geklärt werden.

Wenn Obdachlose Sozialgeld oder Arbeitslosengeld II beziehen, haben sie das Recht auf Krankenversicherung. Die ist für sie kostenlos. 80 € pro Jahr müssen sie allerdings selbst tragen. Die Befreiung bedingt wiederum, nicht nur die ersten 80 € selber aufzubringen, sondern auch die Belege dafür zu sammeln und der Krankenkasse vorzulegen. Und das schaffen viele nicht. Manche Ärzte kümmern sich sehr engagiert um sie, bei anderen kommen Obdachlose schlecht an.

Die meisten Obdachlosen sind als erwerbsfähig eingestuft und erhalten deshalb Hartz IV.

Mit Abstand gefragt, dicht dran geantwortet

Wie muss ich mir das Leben ohne Wohnung, ohne Geld und ohne all die Bequemlichkeiten einer modernen Gesellschaft vorstellen? Als Obdachloser weiß ich, dass es das alles gibt, nur eben nicht für mich. Verliert man nicht Mut und Hoffnung, je länger dieser Zustand dauert? Wie kommt man aus dieser Stimmung wieder heraus, womöglich auch aus der Lage?

Selbstverständlich gibt es irgendwann einmal einen Punkt, wo man meint, es geht nicht mehr weiter. Doch irgendetwas taucht dann vor oder in einem auf, was einen weitermachen lässt. Man darf sich nie ganz auf geben. Das ist leicht gesagt, aber es gibt immer wieder einen Menschen oder auch nur eine Situation, die einem erneut Auftrieb gibt. Manchmal reichen schon ein paar Worte, die dazu führen, dass man umdenkt und sich dadurch eine Tür öffnet, die man vorher gar nicht wahrgenommen hat.

Ich hatte auch während dieser Zeit Kontakte zu sogenannten „Normalbürgern". Aber sobald man sich als Wohnungsloser geoutet hat, wurde man doch eher gemieden. Obwohl ich mir ja kein Schild umgehängt hatte „ich bin obdachlos". Es gab aber auch andere, die haben versucht, die persönliche Lage zu hinterfragen. Die fanden es zum Teil mutig, solch ein Leben zu führen und wünschten einem viel Glück.
Einige besuchten mich auch mal auf der Platte, brachten Kleidung oder Lebensmittel mit und waren sehr besorgt.

Aber im großen und ganzen ist man als Obdachloser unter seinesgleichen. Da ist jeder im Endeffekt sich selbst überlassen. Auf der Straße hat man entweder sehr viel Zeit, wo man sich den Kopf zermartert über

Probleme, die dann noch mehr werden. Manche ertränken die in Alkohol. Andere haben kaum Zeit über Dinge oder ihr Leben nachzudenken, weil sie ihre Existenz sichern wollen. Immer das gleiche – Geld, Essen, Schlafen.

Es gibt zwar so was wie Zusammenhalt in kleinen Gruppen. Der ist aber meist zweckgebunden. Man macht zum Beispiel gemeinsame Platte. Oder man unterhält sich über den Tagesablauf oder Erlebtes. Gemeinsam überlegt man, wie man den Tag verbringen könnte und wo man was zu essen bekommt. Eigentlich sind die meisten Obdachlosen, zumindest tagsüber, Einzelgänger.
Und zwischen Obdachlosen verschiedener Nationen gibt es auch schon mal Rivalitäten.

Wie stillt ein Wohnungsloser seine Bedürfnisse nach Nähe? Ist das romantisch, wie „Liebe unter dem Sternenzelt"? Oder ist so eine Formulierung zynisch? Als Normalbürger denkt man, dass menschliche Nähe einem gut tut und vielleicht auch Sicherheit gibt. Man fragt sich , wieso ein Leben da draußen abläuft. Welche Interessen haben Obdachlose?

Liebe und Sex kommen unter Obdachlosen ziemlich oft vor.– Gelegenheiten machen Liebe.– Nicht immer kör-perlich, weil es die örtlichen Möglichkeiten nicht gibt. Paare gibt es aber. Sex läuft im Freien, in leerstehen-den Gebäuden oder mal in einer günstigen Pension.

In erster Linie hat aber jeder da draußen mit sich selbst zu tun.
Ich lese zum Beispiel gerne Horror Bücher, wie die von Stephen King. Mein Hobby? Autogramme sammeln und tauschen. Von meinem Flaschengeld lege ich immer was zurück und davon geh ich dann gerne in Konzerte.

Zurück in der Normalität

Herr Petersen hat es geschafft. Er hat wieder ein Dach über dem Kopf. Durch seine Hilfsbereitschaft hat er 2013 die Aufmerksamkeit einer alten Dame erregt. Sie gab ihm eine kleine Einliegerwohnung in ihrem Haus. *Der Einzug verzögerte sich erst einmal, da ich drei Tage räumen musste, was die alte Dame in diesem Zimmer über Jahre angehäuft hatte. Sie hatte es als Vorrats- und Lagerraum benutzt. Dort eingezogen ging es mir dann erst einmal besser. Weg von der Straße!*
Nach ungefähr zwei Monaten begann die Vermieterin mich nachts aus dem Schlaf zu holen. Sie teilte mir im November zu nächtlicher Stunde mit, der Rasen müsse

nun dringend gemäht werden oder der Schnee sei zu räumen. Das kam mir sehr merkwürdig vor und ich fragte sie, ob das nicht der falsche Zeitpunkt wäre. Ein anderes Mal behauptete sie, die Hühner würden seit meinem Einzug keine Eier mehr legen.

Einen Monat später ging nachts um drei Uhr plötzlich der Rauchmelder los. Die Wohnung der Vermieterin war total verqualmt. In der Pfanne lag ein Stück Kohle, das mal ein Steak gewesen war. ich klopfte und klopfte, bis sie endlich die Tür öffnete. „Oh, ich bin wohl eingeschlafen," war der einzige Kommentar.

Solche Vorfälle wiederholten sich. Ein anderes Mal war ihr Schmuck weg. Gestohlen! Einbrecher!"

Die Nachbarn klärten mich auf. Die alte Dame war dement. Das erzählte ich einem befreundeten Ehepaar. Im April 2014 setzten die beiden sich mit ihren sechs Kindern zusammen und beschlossen, mir zwei ehemalige Kinderzimmer im Obergeschoss ihres Hauses zu vermieten. Dort wohne ich nun seit Mai 2014. Ich hätte aber sehr gern eine eigene Wohnung. Dort habe ich keine eigene Küche. Die Zimmer kann ich abschließen, aber Flur und Bad sind frei zugänglich. Jeder Schritt, jedes Gespräch kann beobachtet und mitgehört werden,

sodass mir kaum Privatsphäre bleibt. Besuch zu emp-
fangen ist unter diesen Umständen nicht möglich.
Ich bin sehr dankbar, dass ich diese Räume bewohnen
durfte, aber der Wunsch nach Privatleben in den eige-
nen Vier Wänden wird immer konkreter.

Wie schafft man den Weg zurück in die Normalität? Wie kommt man mit den Regeln, die man jahrelang scheute, zurecht? Erträgt man die ungewohnte Enge geschlossener Räume? Man weiß, dass manche trotz Wohnung mit voll eingerichteter Küche nicht nur ihre Milch auf dem Balkon lagern, weil sie es nicht anders kennen, sondern auch dort schlafen.

Die Umstellung von der Straße zur festen Bleibe habe ich sehr gut gemeistert. Ich hatte viel Unterstützung von meinen Kunden, von Bekannten und auch von meinen Vermietern. Mit sehr viel Glück habe ich Leute kennen gelernt, die mir halfen. Ich hatte aber auch den festen Willen, von der Straße runter zu kommen, um wieder anderen Zielen entgegenzusehen. So fiel mir der Weg zurück in den „neuen" Lebensabschnitt nicht schwer.

50

Obdachlos

Irgendwann ausgeklinkt
aus dem normalen Leben,
zaghaft zurückgewinkt
ängstliches Beben.
Was wird die Zukunft bringen?
Wie schaffe ich das?
Wenn zur Nacht mir die Vögel singen,
aber entgegenschlägt Hass?
Wie lange kann einer auf der Straße sein,
ohne den Schutz einer Wohnung?
Fühl mich so klein
Ganz ohne Schonung.
Wo geht es zurück
zur Normalität?
Wo find ich mein Glück
Oder ist es schon zu spät?

Herr Petersen verreist

Irgendwann im Oktober stand Herr Petersen am Freitag
nicht vor dem Supermarkt. Ich machte mir Sorgen. Das
wäre nicht nötig gewesen, denn schon den folgen Freitag sah ich ihn wieder. „Wo waren Sie, Herr Petersen?
Wir haben Sie vermisst!" Und dann berichtet er von einer ganz besonderen Reise.
Herr Karrenbauer von H&K hatte ihm angeboten,
mit ihm und ein paar anderen nach Italien zu fahren.
Jörg Petersen hatte sofort zugesagt, denn in Italien war
er noch nicht gewesen. Karrenbauer tat etwas geheim-
nisvoll, als er seinen Namen auf die Liste setzte. Erst
dann erfuhr Petersen, dass es sich um eine Pilgerfahrt
handelte.

Dann traf ich. Jens Ade, der sich freute, dass ich zuge-
sagt hatte, weil er fand „dass auch ich das verdient hät-
te."
Die Hamburger Mitreisenden trafen sich alle 14 Tage im
Kleinen Michel, Fratello Hamburg. Jedes dieser Treffen
begann mit einer Andacht. Fratello betete für Hamburg.
Dann gab es ein gemeinsames Essen von der Katho-
lisch-Philippinischen Gemeinde. Uns wurde erklärt, was
auf uns zukommen würde.
Mit 67 Hamburger Obdachlosen und ehemaligen Ob-
dachlosen, Sozialarbeitern und Betreuern brachen wir
am 10.11.2016 nach Rom auf, wohin Papst Franziskus
4000 Arme aus ganz Europa eingeladen hatte.

Papst Franziskus war es wichtig die Ärmsten der Armen
einzuladen. Deshalb nahm Hinz&Kunzt, sogar Menschen
mit großen Problemen, wie zum Beispiel Alkoholiker,
mit auf diese Pilgerfahrt.
Gläubig sind die wenigsten. Trotzdem wünschen sich
manche etwas vom Segen des Papstes. Einer hofft, danach eine Wohnung zu finden. Vor dem Abflug macht
sich einer Sorgen, ob sein vorläufiger Personalausweis
auch für den Flug reicht. Ein anderer ist nicht pünktlich

da, weil die U-Bahn Verspätung hat. Die Atmosphäre ist ein wenig wie auf einer Klassenfahrt.

Je länger die Obdachlosen zusammen sind, desto mehr drehen sich die Gespräche um Glauben und Kirche. Einer berichtet von dem katholischen Heim, wo er aufgewachsen ist. Dort hatte es Hiebe statt Liebe gegeben. Er hofft nun, doch noch den lieben Gott in sein Herz aufzunehmen. Die Stimmung ist gut. Die Menschen sind entspannt und scheinen glücklich. „Arm sein: ja, sich aufgeben: nein. Das ist Würde!" Jörg Petersen empfindet die Reisegruppe fast wie eine Familie. (Quelle: H&K)

Wir bekamen gelbe Willkommensgeschenke, einen Rucksack, ein Regencape und einen Schal.

Von der Reise waren wir ganz schön erschöpft Nach einer kurzen Nacht und relativ wenig Schlaf, klingelte um 5:30 Uhr schon wieder der Wecker. – Wir trafen uns vor dem Speiseraum des Klosterdorfes. Nach einem leckeren Frühstück bekamen wir Lunchpakete. Der Fahrer des Shuttlebusses, der uns zum Vatikan bringen sollte, hatte ein wenig Verspätung. Er brachte uns zum Vatikanplatz, von wo wir das letzte Stück des Weges zu

Fuß gingen. Bei leichtem Regen warteten auf dem Vorplatz schon mehrere tausend Pilger. Dass dort niemand verloren ging, grenzte an ein Wunder. Wir kamen nur sehr langsam voran. Aber je näher wir dem Eingang kamen, desto aufgeregter waren wir. Dann mussten wir eine Sicherheitsschleuse wie am Flughafen passieren. Wir wurden gescanned, abgetastet, auch die Rucksäcke wurden durchleuchtet. Im Saal Paul VI wurden wir begrüßt. Schließlich betrat der Papst den Saal – er wurde empfangen wie ein Popstar. Alle standen auf, applaudierten, jubelten und winkten. Der Papst bewegte sich sehr langsam über den roten Teppich. Er schüttelte unzählige Hände. Die Ordner drängten ihn praktisch vorwärts. Vorn wartete unser Rainer mit einem Schal und einer Botschaft. Das war ein bewegender Moment für uns alle. Papst Franziskus und andere Priester verlasen dann das Glaubensbekenntnis. Einige von uns waren so gerührt, das sie sich setzen mussten und Hilfe benötigten. Sie weinten vor Rührung und zitterten am ganzen Leib.

Draußen auf dem Platz warteten Nudeln mit Tomatensauce und wieder Lunchpakete auf uns. Darin waren immer Weißbrotscheiben, belegt mit Käse und Morta-della, ein Apfel und ein Saftgetränk. Dann sind wir in Richtung Fontana di Trevi gegangen. Dort wurde uns einiges erklärt und wir trafen auf eine deutsche Frau, die in Rom lebt und sich dort um Obdachlose kümmert. Auch sie verteilte wieder Lunchpakete. Zu essen hatten wir also reichlich.

Wieder mussten wir lange warten, bis der Bus uns dann zurück zum Klosterdorf brachte. Mit über einer Stunde Verspätung kamen wir dort gegen 21 Uhr an. Zum Ab-schluss gab es ein warmes Abendessen.

Nach dieser Pilgerfahrt, sind einige der Mitreisenden großer Hoffnung, dass sich in ihrem Leben doch noch etwas ändert.

Am letzten Tag wurden wir mit einer Stunde Ver-spätung noch zu einer Sightseeing Tour abgeholt. Wir waren alle total aufgedreht. Es war so viel, was wir die vergangenen Tage gesehen hatten. Eigentlich so viel, dass man das alles gar nicht gleich verarbeiten konnte. Im Nachhinein fällt mir auf, dass wir einen großen Teil der Reise mit Warten zugebracht haben: vor jeder Mes-se, vor den Besichtigungen, an den Treffpunkten. Beim Einchecken am Flughafen kam plötzlich Unruhe auf.

Unsere Chefredakteurin fand ihren Perso nicht und ein weiterer Mitreisender vermisste ebenfalls seinen Ausweis. Unser Reiseführer redete auf italienisch mit dem Flughafenpersonal. Er muss sie überzeugt haben, denn Birgit durfte mit ihrem Presseausweis, der Andere mit seiner Krankenkarte an Bord.

Wir kamen pünktlich im kalten Hamburg an. Es lag noch Schnee. Am Hauptbahnhof erfuhren wir, dass unser Zug Richtung Bremen sich um Stunden verspäten würde. Zufällig traf ich Isabell von H&K. Wir klönten bei einem Bier über Rom. Dann fuhren wir mit der S-Bahn nach Harburg. Von da ging gar nichts. Kein Zug, kein Bus, kein Taxi. 2:26 Uhr kamen wir endlich los, ich nach Hittfeld, sie nach Buchholz. Um 3:20 Uhr war ich zu Hause. Ich wurde von meiner Vermieterin empfangen, aber ich erzählte nur kurz, denn ich war furchtbar müde.

Um 9:00 Uhr war ich wieder hellwach und beschloss, meine Zeitung zu verkaufen. Schon auf dem Weg zu Aldi begrüßten mich mehrere Hittfelder „Schön, dass Sie wieder da sind!" Das allgemeine Interesse an der Reise nach Rom war groß. Ich durfte in der katholischen Gemeinde, dem Hittfelder Heimatverein und auch bei den Sponsoren über unsere Pilgerfahrt referieren. Was für eine aufregende Zeit!

Schatten

Dir fehlt Toleranz?
Fremdes macht dir Angst?
Kannst es nicht deuten,
fragst dich, worum du bangst.
Misstraust den Leuten.
Drum mach es wie das Licht.
Unterschiede kennt es nicht.
Scheint die Sonne auf uns Menschen,
verleiht sie arm und reich, wie schwarz und weiß,
den gleichen Schatten.

Engagement für Andere

Im Winter 2018 startet Jörg Petersen zusammen mit Hinz&Kunzt eine Petition für längere Öffnungszeiten der Winternotquartiere für Obdachlose. Petersen macht sehr klar, dass man draußen auf der Straße nicht nur zur Nacht friert. Mit seiner Aktion wird er von TV Sender zu Sender gereicht. Keine Zeitung erscheint dieser Tage ohne einen Bericht über ihn und sein Anliegen. 100000 Bürger aus verschiedenen Bundesländern unterschreiben die Petition, die Jörg Petersen gemeinsam mit Hinz&Kunzt im Rathaus abgibt.

Engagement für andere ist für mich schon immer irgendwie selbstverständlich gewesen. Es tut gut, ande-

ren zu helfen oder sich für sie einzusetzen. Das fängt doch schon beim Einkaufen für Familie oder Bekannte an. Wenn ich sehe, dass da einer Hilfe benötigt und ich in der Lage in, ihm oder ihr unter die Arme zu greifen, stelle ich gern eigene Wünsche oder Vorhaben zurück.

Hilfe, die ich erfahren habe, in Zeiten, in denen es mir nicht besonders gut ging, kann ich heute, wo es mir besser geht, auf meine eigene Weise anderen Bedürftigen zurückgeben.

Auf Nachfrage, ob die Petition von Herrn Petersen positive Folgen hat, folgt ein Mailwechsel mit einem Mitarbeiter der Senatorin für Soziales.

(Zitat aus dem Schriftverkehr),

..ich helfe Frau Senatorin bei der Pflege ihrer Facebook-Seite. Sie hat mich gebeten, Ihnen zu antworten.

Hamburg hat Tages- und Nachtangebote für Obdachlose. Das Winternotprogramm ergänzt das Tagesangebot in der Nacht. Es hat zurzeit 20 von 24 Stunden geöffnet. Der Betreiber fördern & wohnen reagiert flexibel auf die Wetterlage sowie die individuelle Lebenslage einzelner Übernachtenden.

Tagsüber haben die 11 Tagesaufenthaltsstätten geöffnet. Auch das Pik As und das Frauenzimmer haben 24h geöffnet.

Das WNP hat nun schon seit einigen Tagen viel länger geöffnet als vorgesehen. Trotzdem nutzt nur ein Bruchteil der rund 660 Übernachtenden diese längeren Öffnungszeiten. Am Dienstag waren nur 12 Personen nach 10 Uhr noch in den beiden Standorten. Alle anderen Personen sind aus eigenen Stücken gegangen.

Aus diesen beiden Gründen ist derzeit keine volle Tagesöffnung geplant.

Die Online-Petition wurde der Senatskanzlei übergeben. Sie wird zurzeit ausgewertet. Weitere Informationen hierzu liegen uns nicht vor.

...ich bedanke mich für Ihre Antwort. Dass das alles schwierig ist, ist mir klar.

62

Nicht ohne Grund leben diese Menschen auf der Straße. Betrug und Missbrauch unseres Sozialangebotes sind bekannt.

Dennoch macht mir Ihre Aussage, die Petition werde in der Senatskanzlei ausgewertet und der Senatorin lägen dazu keine weiteren Informationen vor, Sorge. „Die Kanzlei ..– das sind Mitarbeiter, Menschen. Bitte also nicht so anonym. Der Bürger fragt sich, was an einer Unterschriftenaktion so schwierig auszuwerten ist, was so lange dauern kann?"

Wenn eine so stark goutierte Petition für die Senatorin abgeliefert wird, sollte sie auch darüber en Detail informiert sein.

Nicht von ungefähr haben fast 110000 Menschen diese Petition unterschrieben, nicht von ungefähr hat Jörg Petersen (ehemaliger Obdachloser) diese in die Wege geleitet.

Herr Petersen musste zugunsten dieser Aktion sogar seinen Zeitungsverkauf unterbrechen und nahm erhebliche finanzielle Einbußen dafür hin, um sich für die Obdachlosen einzusetzen.

Ihn selbst betrifft das eigentlich gar nicht mehr, denn er lebt nicht mehr auf der Straße.

Auch für nur 12 Personen kann die längere Öffnung der Einrichtung helfen. Dass nicht mehr davon Gebrauch machen, ist vermutlich eine Folge der Gewohnheit.

Viele Tagesaufenthaltsstätten, die ja durchgehend geöffnet sind, haben aber an Wochenenden geschlossen.

Ich schätze das Engagement der Senatorin sehr. Nur deshalb habe ich angefragt, denn ich glaube nicht, dass sie dieses Anliegen ignorieren wird.

Ich würde mir deshalb sehr wünschen, dass Frau Senatorin sich persönlich um die Petition kümmert und wenn möglich Herrn Jörg Petersen, dem Initiator, auch Rückmeldung zukommen lässt. Es scheint mir so wichtig hervorzuheben, dass mit ihm eine Stimme gehört wird, die aus dem Milieu kommt. Dass sich da ein Mensch, der inzwischen wieder auf dem besten Weg zurück in die Gesellschaft ist, altruistisch für die Belange derer einsetzt, die es nötig haben. Eine Kette ist nur so stark, wie ihr schwächstes Glied. Unsere reiche Hansestadt Hamburg sollte deshalb auch was das Soziale angeht, sehr stark sein und bei aller Vorsicht vor Missbrauch und Ausnutzung ihrer Großzügigkeit und Fürsorge gerecht werden.

*

Was konnte Jörg Petersen mit seiner selbstlosen Aktion nun im Endeffekt bewirken?

Das Winternotprogramm hat die Öffnungszeiten an kalten Tagen ein wenig verlängert.
Statt um 9:30 Uhr mussten die Leute erst um11 Uhr raus und durften um 15 Uhr statt um 17 Uhr wieder rein. – Was ich dabei sehr ankreide ist, dass das den Betroffenen nicht ausgerichtet worden ist. Es gab weder einen Aushang in den Schlafeinrichtungen noch wurde es ihnen erzählt. Diese Info habe ich von einer Obdachlosen. Daher ist es auch kein Wunder, dass nur 12 Leute diese Zeit nutzten.
Die Petition hat ein Wachrütteln der Bevölkerung bewirkt. Ich habe viele Gespräche mit Leuten geführt, die ich vorher nicht kannte. Einzelne haben in Eigeninitiati-

ve Obdachlosen Hilfestellung gegeben. Die Menschen nehmen jetzt Obdachlose eher wahr und haben einen anderen Blick auf die ganze Situation. Mir erzählte eine Frau, dass sie die fehlende Belegung der jetzt frei stehenden Containerdörfer in Harburg und im Umkreis nicht einsehen kann und vielleicht selbst eine Petition gegen den Leerstand starten wollte. Die Stadt zahle hohe Kosten für die gemieteten Container, in denen noch nie jemand auch nur eine Nacht verbracht hat. Es würde Geld rausgeschmissen, anstatt es für Bedürftige zu investieren.

Jörg Petersen bekommt tatsächlich eine Rückmeldung der Senatskanzlei, diese Mal nicht von irgendeinem Sachbearbeiter, sondern sogar vom Staatsrat. Aber was bedeutete diese Aktion für ihn selbst?

Gedacht hatte ich ursprünglich eigentlich nur an eine Unterschriftenliste. Vom Umgang mit Medien hatte ich ja keine Ahnung. Damit hatte ich mich vorher auch nie beschäftigt. Für mich wurde das dann ein riesengroßes Abenteuer. Noch nie hatte ich Kontakt zu öffentlichen Medien. Ich konnte mein Anliegen anderen mitteilen.

Das hat mich stolz gemacht und auch mein Selbstwertgefühl gestärkt. Ich war total überrascht, dass ich mit der Aktion ein so großes Interesse wecken würde. Eigentlich habe ich ja immer nur mit einzelnen Leuten geredet, aber dank TV, Internet und Radio haben das dann Tausende mitbekommen. Das ist schon ein komisches, aber sehr positives Gefühl, wenn man von wildfremden Menschen angesprochen wird, die einem sagen, dass man da was ganz Tolles und Wichtiges angestoßen hat. Das hat mich noch mehr motiviert.

Vor den Interviews war ich immer aufgeregt, aber sobald die erste Frage gestellt wurde, war ich innerlich ganz ruhig. Ich wusste ja, was ich sagen wollte, denn was ich bekämpfe ist das, was ich selbst erlebt habe. Es war für mich Ehrensache, diesen Aufruf, anderen zu helfen, zu starten, auch wenn mir jeder zweite gesagt hat: „Das bringt doch nichts!"

Der Erfolg liegt für mich darin, dass ich es ein wenig geschafft habe, die Öffentlichkeit zum Umdenken zu bewegen, in Bezug auf Obdachlose mal den Blickwinkel zu ändern oder zumindest zu erweitern.

Dass ich dabei im Vordergrund stand, war mir nicht wichtig, aber dass ich anderen eine Stimme geben konnte, schon.

Wie der Brief der Senatskanzlei zeigt, hat sich nicht viel großartig geändert. Das beginnt schon damit, dass sie von den 100000 Unterschriften von Menschen, die die Aktion unterstützt haben, nur die 4355 mit Wohnsitz in Hamburg zählen. Dann folgen lange Erklärungen, was das Winternotprogramm beinhaltet. Wie nennt man das? Eulen nach Athen tragen? Ich weiß doch, worum es geht!

Dann rechtfertigen sie die Ablehnung von Menschen, denen ev. keine Sozialleistungen in Deutschland zustehen und geben zu, dass ihnen bewusst ist, dass das nicht die Antwort ist, die ich mir gewünscht habe.

„Mir" hab ich gar nichts gewünscht, aber denen, die im Winter Schutz vor dem Erfrieren brauchen. Darum werde ich nicht aufgeben. Der nächste Winter kommt bestimmt und dann werde ich mich wieder für die Menschenwürde und den Schutz der Obdachlosen einsetzen.

Armut

Es reicht nicht,
was ich verdiene.
Bei Licht
besehen ist gute Mine
zu diesem Umstand
nicht zu machen,
mein Stand
im Leben nicht zum Lachen.

Immer neue Ausgaben
überfallen mich.
Dafür nicht das Geld zu haben
ist schon an sich
unerträglich.
Arbeit soll sich lohnen.
Welch ein Hohn – unsäglich!
Muss ich noch betonen,
wie das klingt für mich?

Mathilde

Heute, am Freitag 13.4.2018, kam mir Herr Petersen auf dem Parkplatz des Supermarktes entgegen. Er trug ganz vorsichtig eine Wildente vor sich her! „Na, Herr Petersen, jetzt schon Mittagessen?" scherzte ich. „Ne," antwortete er, „ das ist Mathilde. Die wollte grad wieder Mal über die Straße watscheln. Und heute ist ihr Mann nicht dabei. Der lässt sie sonst immer vorgehen, bevor er dann losläuft." „Ja, so sind sie, die Männer!" lachen wir beide.

Und wie immer strahlt Jörg Petersen soviel positive Energie aus, dass mir ganz warm ums Herz wird. Er genießt seinen Verkaufsplatz hier vor dem Supermarkt und den Zuspruch seiner Kundschaft, denn mit seiner gewinnenden Art hat er Kontakte in alle Altersstufen knüpfen können. Ich denke daran, was seine Wünsche für die Zukunft sind. Leichte Bedenken kommen mir, ob er die umsetzen wird, denn dafür müsste er diese für ihn angenehme Position aufgeben.

Erinnern tut weh

Jeden Freitag, wenn ich zum Einkaufen fahre, erhalte ich von Jörg Petersen „Hausaufgaben", will heißen, die Antworten, die ihm zu meinen Fragen eingefallen sind. Er schreibt auf dem linierten Papier eines Ring- Blockes. Jedes Mal trennt er sauber heraus, was ich bekommen soll. Ich warte auf den persönlichen Teil, auf das, was uns über sein Leben interessiert. Noch zögert Herr Petersen. *„Ich kriege Herzrasen, wenn ich daran denke",* sagt er, *„aber ich mach das. Versprochen. Nur dafür brauche ich Zeit. Momentan ist so viel los."*
Ein Zeitungsverkäufer hat keine Zeit? Meist eher wohl zu viel. Er hat also Angst. Ich muss das akzeptie-

ren. Und ich kann es verstehen. So warte ich geduldig von Woche zu Woche auf das „Eingemachte".

Und dann hat er tatsächlich ein erstes Blatt voll geschrieben.

Ich wurde am 6.10.1970 in Husum geboren. Aufgewachsen bin ich dann in Breklum. Wir waren drei Brüder. Ich, als Ältester, war immer verantwortlich. „Pass auf deine Brüder auf! – Mach dies, mach das...und wenn die Kleinen irgendwas verzapft haben, musste ich es ausbaden. Mein Vater war Maurer Polier von Beruf. Er war ein Choleriker. Stress im Job lud er zu Hause ab. Er war gewalttätig. Meine Mutter hat er oft geschlagen. Anfangs wurden wir Kinder vorher rausgeschickt. Später kriegten auch wir davon ab. Ein falsches Wort, ein Blick oder zu früh vom Tisch aufgestanden und schon ging es los.

1978 hatte ich einen schweren Fahrradunfall. Auf dem Weg zur Schule bog ich links ab – und von da an fehlt mir die Erinnerung. Ich lag 10 Tage im Koma und nach dem Aufwachen konnte ich weder laufen noch sprechen. Woran ich mich erinnere ist der leckere Möhren-

eintopf im Krankenhaus und wie ich da den Kranken-hausflur entlang gekrabbelt bin. Es folgten drei Monate in der Uni-Klinik in Kiel, wo ich das Laufen und Spre-chen wieder erlernte. Meine Eltern besuchten mich dort regelmäßig.

Nach dem Unfall kriegte ich bei Stress gern zu hören, dass mein Erzeuger glaubte, mich zu weich behandelt zu haben. „Ich hätte dich viel härter rannehmen müs-sen!" Mein Vater war der Ansicht, dass ab und zu ein Arschvoll noch keinem Kind geschadet hätte. Das war hart für mich und wenn ich deshalb weinte, hatte ich schon gleich wieder eine sitzen. Angeblich war er selbst so erzogen worden, was meine Oma aber dementierte. Wenn meine Mutter mir beistand, bekamen wir beide zu spüren, wie viel Stress er wieder abbauen musste, und das nicht nur verbal. Er schlug auf die Arme, den Ober-körper und auch an den Kopf.

1981 kam ich zur Realschule, wo ich die 7. Klasse gleich wiederholen musste. Darauf schickten meine Eltern mich zu einer Psychologin. Meine Mutter meinte es gut, mein Vater sah es als einzige Lösung, mich auf die richtige Spur zu bringen. Mir haben die zehn Sitzungen sehr geholfen, weil ich endlich mal über meine Probleme reden konnte. Zur Abschlusssitzung ging mein Vater dann nicht mit. Er erklärte uns, dass ihm niemand sagen müsste, wie man ein Kind erzieht. Er wüsste selbst am besten, was er zu tun hätte.

Ich weiß heute, dass das bestimmt nicht der Fall war, denn er sagte mir irgendwann, dass er sich ärgere, mich überhaupt gezeugt zu haben. Das vergesse ich nie. Immer wenn ich über meine Kindheit nachdenke, hallen diese Worte in mir nach. Sie machen mir Magenschmerzen, auch jetzt, wo ich daran denke.

1983 hatte ich meinen 2. Unfall. Eine Autofahrerin erwischte mich frontal.- Ich trug aber nur einen Schlüsselbeinbruch davon.

Den Realschulabschluss schaffte ich 1989 mit ach und krach, nachdem ich auch die 9. Klasse wiederholt hatte. Ständig hatte ich mit meinem Vater wegen meiner schulischen Leistungen Ärger. Der psychische Druck war für mich so groß, dass ich mich immer schlechter konzentrieren konnte. Trotz des schlechten Abschlusses bekam ich gleich im Sommer eine Lehrstelle im Bereich

„Handwerkerbedarf und Baubeschläge". Diese Richtung gefiel mir überhaupt nicht, aber ich musste die Stelle antreten weil in dem Moment nichts anderes da war. Als sich später eine andere Stelle bot, konnte ich nicht wechseln.

Ich hätte auch wahnsinnig gern den Führerschein gemacht, aber meine panische Angst, womöglich einen Unfall zu verursachen, hat das letztlich unmöglich gemacht. Nach über 30 Fahrstunden habe ich erwartungsgemäß in der theoretischen Prüfung total versagt.

Und dann kam irgendwie alles zusammen, die Arbeit mit Materialien, die mir fremd waren, der verpatzte Führerschein und der ständige Druck von meinem Vater.

Kurz entschlossen und ziemlich unüberlegt schmiss ich die Lehre. Mit 17 bin ich das erste Mal abgehauen zu einem Schulfreund. Da habe ich mich mehr oder weniger versteckt. Nach einer Woche fanden mich meine Eltern. Mein Vater versprach, sich zu ändern. Ich bin dann zurück. 2–3 Wochen war Frieden und Sonnenschein, dann fiel er in sein altes Raster zurück.

76

In meiner Kindheit gab es natürlich zwischendurch auch schöne Zeiten. Wir fuhren alle zusammen nach Bayern und machten Ausflüge an den Wochenenden. Aber kurz darauf drehte sich immer alles wieder zum Alten.

Wie meine Mutter das alles ausgehalten hat, ist mir ein Rätsel. Sie hat immer versucht, die Familie zusammen-zuhalten. Sie hatte sich vorgenommen, durchzuhalten, bis mein jüngster Bruder eine Lehrstelle hätte. Das hat sie auch. Als es dann soweit war, zog sie aus dem Haus aus und nahm meinen kleinen Bruder mit. Zwei Jahre später wurden meine Eltern geschieden.

Mein Vater verstarb im Januar 2008.

Mein kleiner Bruder verunglückte kurz nach seinem 29. Geburtstag bei einem Autounfall. Von März bis Juli lag er im künstlichen Koma, wurde in mehrere Kliniken ver-frachtet. Er starb im Juli 2008.
Ich hatte die Nachricht, dass mein Bruder einen schwe-ren Unfall gehabt hatte, per Zufall von einem Bekann-ten erfahren, den ich schon zwei Jahre nicht gesehen hatte. Er sprach mich beim Pfandsammeln in der In-

nenstadt an. „Was machst du denn hier, Jörg? – Deine Mutter sucht nach dir! Da ist was mit deinem Bruder

Bei ihm zu Hause konnte ich duschen und was Warmes essen. Dann telefonierte ich mit meiner Mutter. Sie erzählte mir, dass mein Vater gestorben war und mein Bruder einen Sohn bekommen hatte. Das Schlimmste aber war die Nachricht von dem schweren Unfall meines jüngeren Bruders.

Eine Woche später ging ich endlich hin zu meiner Mutter. Das fiel mir nicht leicht, denn wir hatten uns mehrere Jahre nicht gesehen. Ich war dann aber sehr froh, dass wir wieder Kontakt hatten und dass ich ihr in dieser schweren Zeit ein wenig Stütze sein konnte.

Gemischte Gefühle

Gefühle wälzen sich
durch mich.
Sorgen, borgen Energie
und sie
toben voller Lust
in meiner Brust.

Was wird morgen sein?
Was kommt auf mich zu?
Fühl mich klein,
und du?
Was kann ich nun
tun?

Highlight

Freitag 18.5.2018. Herr Petersen kommt mir auf dem Parkplatz schon entgegen. Ich erkenne ihn kaum, so chic sieht er aus. Er trägt einen schwarzen Lederblazer zu schwarzen Jeans und ein passendes Cap dazu. Seine Sachen hat er heute in einer stylischen schwarzen Tasche. Auf meine Frage, was der Anlass für die tolle Garderobe ist, erzählt er:

„Ich geh heute ins Konzert. In der Großen Freiheit spielt „Unheilig & The Dark Tenor". Darauf freu ich mich schon seit drei Monaten! So lange hab ich die Karten auch schon."
Ich weiß ja inzwischen, dass er das Pfandgeld für Konzertbesuche zurücklegt. Wie viele Flaschen musste Jörg

Petersen sammeln, um dieses Ticket bezahlen zu können!

Dann holt er seine „Hausaufgaben" aus der schicken Tasche. Dieses Mal ist es ein Teil des Berichtes über seine Pilgerfahrt nach Rom. Er weiß, worauf ich warte und schon kommt die übliche kleine Ansprache „Ja, ich weiß! Ich bin dabei. Aber dafür brauche ich Zeit."

Wie belastend und traurig muss seine Vergangenheit gewesen sein, dass die Erinnerung daran solche unguten Gefühle macht. „Ich krieg Herzrasen, ehrlich".

Das Lebens-Karussell

Wir haben ja Zeit. Irgendwann wird Jörg Petersen es schaffen, über sein Scheitern zu sprechen. Das Scheitern am so genannten normalen Leben, das ihn aus der Bahn geworfen hat, in der man als Bürger einer Gesellschaft kreist. Ich stelle mir das Leben wie ein Ketten-Karussell vor. Jeder hat seinen Sitz, der an einem Schekel hängt. Das Karussell dreht sich, alles fahren in ihren Sesseln, immer rund herum. Und wieder eine Runde. Und die nächste. Und plötzlich, für die anderen nicht zu erkennen, passiert etwas, das den Schekel eines Sitzes öffnet und ihn vom Karussell forttreiben lässt. Der Mensch, dessen Leben hier einbricht, entfernt sich immer weiter von den anderen, die einfach weiter im Kreis fahren. Wenn er Glück hat, landet er irgendwo sanft. Vielleicht kann er seinen Sitz woanders wieder einhaken und mitfahren. Gelingt ihm das nicht, dreht sich das Karussell ohne ihn weiter. Er bewegt sich außerhalb der Gesellschaft, die mal seine war.

Jörg Petersen bewegt sich seit einiger Zeit schon wieder mit dem Schekel in der Hand auf das Karussell zu. Hin und wieder springt er auf und fährt schon mal eine Runde mit, nur das Einklinken hat noch nicht ganz geklappt.

25.5. Wieder Freitag. Wir sind schon richtig gespannt, was Herr Petersen von seinem Konzertbesuch berichten wird. Und dann gerät er auch gleich ins Schwärmen. Es war großartig. Er hat es genossen. Seine blauen Augen strahlen!
Seine freundliche, aufgeschlossene Art steckt an und lässt alles so leicht erscheinen.
Auf dem Heimweg reden wir über ihn und seine Zukunft. Ich beschließe, mich nun gezielt darüber zu informieren, wie und ob eine Ausbildung zum Altenpflegeassistenten möglich ist.

Es gibt Ausbildungsplätze beim Roten Kreuz und auch beim ASB. Die zuständigen Menschen sind auf mein Anschreiben hin äußerst zuvorkommend. Herr Petersen soll sich bewerben!

Alles vergeblich. Herr Petersen sieht sich in der Zwangslage, dass er sofort Geld verdienen muss. Drei Jahre Ausbildung kann er nicht finanzieren. Schließlich ist er keine 18 mehr. Hartz4 reicht nicht, wenn er nun eine eigene Wohnung braucht und ja auch leben muss. Die zwei Zimmer zur Untermiete möchte er gern bald verlassen. Es lockt ein Jobangebot bei einer Gebäudereinigung. Dafür bräuchte er eigentlich einen Führerschein. Den hat er nicht und wird ihn auch nie machen. *Nach all den Unfällen – ne Danke.*

Ich wünsche ihm sehr, dass es auch ohne klappt und beschließe, mich aus dem Thema rauszuhalten. Vielleicht ist es ganz gut, es ihm allein zu überlassen. Schließlich ist Jörg Petersen ein mündiger Mensch.

Schön wär's

Es strahlen tausend Lichter
früh abends in den Straßen
tausend verschiedene Gesichter,
die über alle Maßen
gestresst schauen.
Frauen,
die nach Hause hetzen,
U-Bahntreppen runterwetzen,
Kinder warten auf Abendbrot.
Mancher ist in Not.
Viele haben nichts zu essen,
als hätte das Leben sie vergessen.
Nicht jeder hat ein Heim,
nicht jeder kann zu Hause sein.
Nimm dir die Zeit, an andere zu denken,
ihnen Fürsorge zu schenken.
Sorgen müssen schwinden,
dass auch sie die Lichter finden.

1990 – Trampen durch Deutschland

Fast ein ganzes Jahr Saisonarbeit lag hinter mir. Auf Sylt hatte ich erst in einem Eiscafé Teller gewaschen und dann bei Gosch als Spüler gearbeitet. Zuerst schlief ich am Strand, später hatte ich eine Personalunterkunft. Bei Gosch gab es dann Probleme mit der Arbeitszeit. Irgendwie reichte es mir und ich beschloss durch Deutschland zu trampen. Ein wirkliches Ziel hatte ich nicht. Ich wollte einfach dorthin, wo es mir gefallen könnte.

Wir Normalbürger denken jetzt vielleicht: „Ja, du hättest das auch klären und durchstehen können, statt wegzurennen". Aber das ist wohl das Problem. Nicht jeder ist geeignet, sich durchzusetzen, zumal dann nicht, wenn ihm der Vater täglich seine Unfähigkeit bescheinigt hat. Die Folge ist, dass er nicht mehr an sich glauben kann.

So war es geplant.
Meine erste Station war Hannover. Dort schloss ich mich einer Gruppe Punks an. Wir hausten in einem besetzten Gebäude. Drogenkonsum war da an der Tagesordnung. Ich habe einmal einen Joint probiert. Davon ist mir so was von schlecht geworden! Im Endeffekt war ich froh über diese Erfahrung, denn mit Drogen wollte ich nie was zu tun haben. Bei den Punks erntete ich dafür nur Gelächter und Sticheleien. Deshalb bin ich nach drei Wochen auch weiter gezogen. Der Drogen- und Alkoholkonsum dort ging mir total gegen den Strich.

Meine nächste Station sollte Bremen sein. Dort gefiel es mir überhaupt nicht und nach wenigen Tagen stand ich wieder an der Autobahnauffahrt Richtung Süden. Ich wurde bis Heilbronn mitgenommen. Mein Ziel war eigentlich München. Deshalb machte ich mir ein Schild aus Pappe mit einem großen M drauf. Aber da hielt einfach keiner an! So schnappte ich mir mein bisschen Gepäck und suchte mir im Gebüsch einen Platz für die Nacht. Am nächsten Morgen weckte mich ein Mann. Er versprach mir einen Job und eine Unterkunft. Ich freute mich und willigte sofort ein.

Sie fragen sich, wie man einem Wildfremden einfach so folgen kann? Das ist wirklich schwer zu verstehen. Wir könnten meinen, das sei naiv. Aber genau das unterscheidet Otto Normal von Menschen wie Herrn Petersen. Die sind wahrscheinlich einfach zu gutgläubig. Manchmal ist so ein Angebot auch der Strohhalm, den sich einer gerade wünscht. Nur raus aus der Lage!

Er brachte mich zu einer billigen Absteige. Es gab was zu essen und ich wurde neu eingekleidet. Dann erklärte er mir, was ich in Zukunft zu tun hatte. Ich war bei einer Drückerkolonne gelandet. Wir verkauften Postkarten, die angeblich von Behinderten gemalt worden waren.

Am folgenden Tag wurden wir in ein Wohngebiet gefahren. Dort teilten sie jedem von uns ein Gebiet zu. Alle drei Stunden trafen wir uns an dem Bus und mussten die Einnahmen abliefern. Dann bekamen wir neue Karten und der nächste Treffpunkt wurde bestimmt. Ich hatte gut verkauft und wurde gelobt. Da dachte ich „Jörg, es geht bergauf!".

Leider war das ein Trugschluss. Je mehr ich verkaufte, desto mehr wurde von mir gefordert. Wenn ich das Verkaufsziel nicht erreichte, wurden die Anforderungen erhöht und die Arbeitszeit verlängert. Prügel wurde mir angedroht oder ich bekam kein Abendessen. In der Drückerkolonne war Gewalt an der Tagesordnung.

Nach ungefähr drei Monaten hielt ich es nicht mehr aus. Ich hatte Glück und konnte aus meinem Verkaufsgebiet entkommen. Unerkannt kam ich weiter, nur weil mich immer wieder Autos mitnahmen. Und nun kam ich endlich nach München.

München war hart. Es herrschte große Rivalität zwischen den Obdachlosen dort. Schlafplätze gab es nur *sehr wenige. In den Einkaufsstraßen und Passagen war man als Nicht-Sesshafter nicht gern gesehen. Man wurde ständig fortgeschickt und kam nie zur Ruhe.*

Durch Flaschenpfand-Sammeln habe ich mich dort trotzdem einigermaßen über Wasser gehalten. Aber Anschluss bei anderen Obdachlosen fand ich nicht.

Ich packte deshalb wieder zusammen und setzte meine Deutschlandtour fort.

Vertrauen

Freitag, 15.7.2018

Herr Petersen ist heute nicht allein. Neben ihm vor dem Aldi Markt steht ein Kinderwagen. Kleine wurstige Beine strampeln daraus in die Höhe. Ab und zu hört man ein glückliches Glucksen. „Herr Petersen, Donnerwetter!" begrüßt ihn mein Mann. „Ne," sagt Herr Petersen, „der Kleine gehört mir nicht. Er ist der Sohn der Familie, wo ich ab und zu den Garten mache. Seine Mutter kauft kurz ein." Tja, Jörg Petersen kann eben vieles, auch auf so einen Kurzen aufpassen. Das Vertrauen seiner Mutter hat er jedenfalls.

Dann gibt er mir seine „Hausaufgaben". Drei Seiten hat er geschrieben. Seiten, die mir beim Übertragen in unser Buch an die Nieren gehen.

Als ich zum zweiten Mal obdachlos wurde, verlor ich zuerst meine Wohnung und dann den Job. Es war wie ein Vakuum im Kopf. Ich hatte keine echten Freunde, mit denen ich reden konnte. Die Freundschaften, die ich damals hatte, waren erkauft. Ich lud Leute zum Essen ein oder ins Kino. Ich ging mit denen in Cocktailbars um auf andere Gedanken zu kommen und mich von meinen Problemen abzulenken. Über die konnte ich mit den Leuten sowieso nicht reden. Wenn es doch mal dazu kam, wurde ich verhöhnt > bist selbst schuld – so was kann mir nicht passieren<. Das zog mich dann richtig runter. Ich suchte Zuflucht in Spielhallen. Wenn ich vor den Automaten saß, waren die Probleme weg – jedenfalls so lange ich spielte. Bei meinem ersten Besuch dort, hatte ich gewonnen. Auch das zweite Mal war erfolgreich. Aber dann war Schluss. Das Glück bleibt ja nicht. – Schon wieder ein falscher „Freund" – Erst fühlst du dich gut, dann bekommst du einen Tritt und alles wird dir genommen. Du stehst am Ende wie-

der allein da, nur mit noch größeren Problemen. Die verschwinden nicht. Vielleicht hätte eine intakte Familie geholfen, aber die war ja nicht da.

Als mir damals die Wohnung geräumt wurde, fiel ich in ein tiefes Loch. Ich wollte mich besaufen, aber vom Alkohol wurde mir nur schlecht. Ich dachte über Suizid nach, aber dazu war und bin ich zu feige und wohl auch zu doof.

Heute bin ich froh, dass ich den Sprung ins Leben zurück doch irgendwie geschafft habe. Dank Hinz&Kunzt hab ich wirkliche Freunde kennen gelernt. Durch Gespräche mit anderen Verkäufern kann ich das eine oder andere besser oder anders machen. Im Vertrieb kann ich mit Sozialarbeitern über meine Probleme reden und gemeinsam nach Lösungen suchen. Und reden kann ich auch mit meinen Kunden. Das wichtigste sind für mich wahre Freunde, denen ich mich anvertrauen kann, egal ob mit Positivem oder Negativem. Mir ist es gelungen, solche Freundschaften zu gewinnen und die pflege ich auch. Bei regelmäßigen Besuchen und Treffen kann man mal Frust ablassen und sich von der Seele reden, was einen bewegt. Ab und zu unternehmen wir was zusammen, brechen aus dem Alltag aus und schmieden neue Pläne.

Mancher denkt vielleicht >So ein Hinz&Kunzt Verkäufer, der ist ja arm dran, wenn es zu mehr nicht reicht<. Ich habe gelernt, dass das zu kurz gedacht ist. Das Leben ist ein eigenwilliger Geselle. Es geht nicht mit jedem gut um. Jörg Petersen hat Ups und Downs hinter sich, die wir gar nicht einschätzen können. Hinz&Kunzt ist für ihn der Anker, der ihm Halt gibt. Wenn ich lese, was dieser empfindsame Mann mit wenigen Worten so treffend formuliert, denke ich auch „du kannst mehr als Magazine verkaufen, Jörg Petersen!" Aber ich habe gelernt, dass es für einen wie ihn nicht leicht ist, die erreichten sicheren Pfade hinter sich zu lassen, die neue Geborgenheit nicht nur anzunehmen und sich darin auszuruhen, sondern wieder aufzubrechen und etwas Neues zu beginnen. Das Eingebunden–Sein in seinen Kundenstamm und die Hinz&Kunzt Familie geben Jörg Petersen so viel, dass die Notwendigkeit, wieder „richtig" ins Berufsleben einzusteigen dagegen schwach wirkt.

Ich habe ein Bild vor Augen: Da hat einer einen reißenden Fluss durchschwommen. Er drohte zu ertrinken, denn die Strömung riss ihn wieder und wieder vom Ufer fort. Er ist schon total erschöpft. Endlich kann er sich an den Uferpflanzen festhalten! Mühsam gelingt es ihm, sich aufs Trockne zu ziehen. Erschöpft lässt er sich nieder, geschafft! Und dann kommt da jemand und sagt „Spring wieder rein! Da hinter der Kurve ist es noch besser."

Ich warte deshalb mit Spannung auf die Gespräche mit dem Gebäudereiniger und dem Gärtner. So gut die Hinz&Kunzt–Gemeinschaft ist, ein richtiger Job, bei dem man soviel Geld verdient, das es für eine Wohnung reicht, das wäre aus meiner Sicht ein Schritt! Aber das ist eben nur meine Sicht.

5.Juli. – Meine Befürchtung ist eingetroffen. Der Job als Gebäudereiniger fällt flach wegen des fehlenden Führerscheins. Die wechselnden Einsatzorte könnte man ohne Auto nicht erreichen. Nun hofft Herr Petersen, dass er Ende 2019 vielleicht bei Hintz&Kunzt irgendwie einen festen Job bekommen könnte, wenn der Neubau fertig ist. Bis dahin vergehen noch 1 ½ Jahre. Dann ist er fast 50. Ich habe den Eindruck, dass es mir wichtiger ist, dass er in einen Beruf kommt, als ihm selbst. Ich trete auf der Stelle. Von Woche zu Woche warte ich nun auf neuen Text, aber es gibt immer wieder Ausreden. Herr Petersen hat einfach zu viel zu tun.

13.Juli.– Jörg Petersen ist gemeinsam mit der Chefredakteurin von Hintz&Kunzt bei Radio-Hamburg eingeladen. Er strahlt und ist mächtig stolz. Ich unterstütze das und ergänze „..und wenn dann noch bald ein Job dabei herausspringt!.." Dem stimmt Herr Petersen nur verhalten zu. *„Eins kommt zum anderen"*, sagt er. *„Das hat ja keine Eile."* Ja, das ist richtig. Herr Petersen hat überhaupt keine Eile.

„Mathilde und Erich haben übrigens vier Küken," ruft er mir zu, *„die sind alle im Bach*!"

Und während wir noch reden, steht plötzlich eine Kundin neben uns. Ich trete zur Seite, weil ich denke, sie will ein Magazin kaufen. Nein. Will sie nicht. Sie schaut nur und Jörg Petersen fummelt eine Schachtel Zigaretten aus der Jacke. Er bietet ihr eine an. Die Kundin greift zu. „Das ist heute aber nötig", haucht sie. Ich wundere mich und schüttle den Kopf. „Und was haben sie sonst noch so im Angebot?" frage ich Jörg Petersen. „Jaa, so einiges", antwortet er und wir schütten uns aus vor Lachen.

Die Zeit gehört dir

Zeit zum Nachdenken
Stunden, die nur dir gehören
Minuten, die dich lenken
Sekunden, die verstören.
Was kommt dir alles in den Sinn,
Affen toben in deinem Kopf.
Wo führt das hin?
Manches schon ein alter Zopf.
Böse Gedanken sind dabei.
Beschwören Angst und Sorgen.
Dabei ist es einerlei
verschwendet, Gedanken an morgen.
Böses verdrängt durch Hoffen,
dass alles gut bleibt.
Sei völlig offen,
wohin es dich treibt.
Allein mit deinen Gedanken,
vergiss die Sorgen.
Musst nicht wanken,
denk nicht an morgen.

Dir gehört die Zeit,
Wochen, Tage, Stunden.
bist gegen alles gefeit,
hast dich gefunden.

Hier bin ich wer

Freitag, 24.8.2018

Herr Petersen hat heute wieder zwei Seiten Text dabei. Für nächsten Dienstag sind wir verabredet im Café bei Edeka. Deshalb freue ich mich sehr, dass ich heute noch Futter bekomme. Schon beim ersten Durchlesen seiner Zeilen wird mir erneut klar, dass ein Mensch wie Herr Petersen völlig anders tickt, als ich. Dachte ich bis jetzt, unser Buch könnte noch im Herbst herauskommen und von dem Pressehype um die schillernde Person des Jörg Petersen profitieren, weiß ich nun, dass es wohl eher ein Langzeitprojekt werden wird. Ein Mensch, der über dreißig Jahre ohne einen Beruf und ohne eine eigene Wohnung gelebt hat, sieht „das Leben" notgedrungen anders als jemand, den man als „Otto-Normal-Bürger" bezeichnen kann. Herr Petersen empfindet seine Lage momentan als sehr entspannt. Er versteht die Position, die er als Hinz&Kunzt Verkäufer erreicht hat, als persönlichen Erfolg, auf den er stolz sein kann. Es treibt ihn nichts, diese Situation zu verändern. Trotzdem hat er Langzeitziele und Träume. Es bleibt abzuwarten, wie sich diese umsetzen lassen.

Zur Zeit fühle ich mich sehr wohl mit dem, was ich mache und was ich für mich erreicht habe. Durch den Verkauf der H&K Zeitung bekomme ich meine Anerkennung, die ein jeder Mensch braucht.

Der Verkauf findet bei mir auf Augenhöhe statt, so dass ich auch häufig vor und nach dem Verkauf einer Zeitung ein ehrliches Gespräch mit dem Kunden führen kann. So bekomme ich auch Ratschläge und Kritik um etwas anders oder besser zu machen.
Manchmal ist es auch umgekehrt. Dann braucht mal ein Kunde jemanden, der zuhört. Nach einem solchen Gespräch ist ein erleichtertes Lächeln mein schönster Lohn.

Ich bin inzwischen Teil eines Netzwerkes in meinem Wohnort. Da ist einer für den anderen da. Darauf bin ich ein bisschen stolz.

Vor kurzem rief mich ein Bekannter morgens um 6:30 Uhr an. Er war überraschend ins Krankenhaus eingeliefert worden und bat mich nun, seinen Wohnungsschlüssel bei der Polizei abzuholen. Sein Hund war allein zu Haus und musste versorgt und untergebracht werden. Das hab ich gemacht. Hab ihm noch ein paar Klamotten und Hygieneartikel eingepackt und mitgenommen. Den Hund konnte ich bei einer Pflegefamilie, einem befreundeten Ehepaar, unterbringen. Danach habe ich aber den Schlüssel sofort wieder zur Polizei getragen. Die Verantwortung war mir einfach zu groß. Ich bin ja kein Familienmitglied. Nun hoffe ich für meinen Bekannten, dass er möglichst schnell wieder auf die Beine kommt und keine bleibenden Schäden behält.

Angst vor Veränderungen habe ich aktuell nicht, aber solche Schritte müssen wohl bedacht sein.
Meine nächsten Ziele sind:
        Grundsanierung meines Gebisses

Eigene Wohnung

Fester Job im Bereich Obdachlosen- Altenpflege/Pflege

H&K ist für mich mein Heimathafen. Alles, was ich bis jetzt erreicht habe, verdanke ich dem Verkauf von H&K. Deshalb möchte ich anderen Obdachlosen helfen, ihr Leben auch in feste Bahnen zu bringen.

Den Presserummel um meine Person habe ich bisher gut überstanden. Im Endeffekt habe ich ja nur auf etwas geantwortet, was ich gefragt wurde. (Wie in Kundengesprächen.) Das einzig Ungewohnte waren die Kameras. Die konnte ich aber ganz gut ausblenden. Ich hatte ja etwas zu sagen und wollte mich nicht darstellen. Es war wichtig für mich, dass ich meine Worte nicht nur an einen richte, sondern sie sollten an viele gehen. Gekämpft habe ich ja nicht für mich, sondern für Menschen, deren Stimmen nicht gehört werden oder nicht gehört werden wollen.
Die Pressearbeit bin ich inzwischen gewohnt, denn für die Arbeit von uns Hinz&Kunzt Verkäufern besteht schon länger ein reges Interesse.

„*Gucken Sie mal*", sagt Jörg Petersen, bevor ich mit meinem Einkaufswagen im Supermarkt verschwinde. Stolz packt er aus einem Umschlag das Foto der Sängerin aus, deren Konzert er zuletzt besucht hat. Für das Autogramm darauf hat er drei Stunden angestanden. Es kommt in seine Sammlung. Ich beglückwünsche ihn zu dieser neuen Trophäe und schaue ihn an. Dieses sympathische Gesicht – aber der Bart ist neu! Ich glaube, wenn er es schafft, sein Gebiss in Ordnung bringen zu lassen, fällt es noch mehr auf: Jörg Petersen ist nicht nur sympathisch, er ist ein gut aussehender Mann.

Ich denke, dass er sich in seinem Netzwerk am Heimatort so wohlfühlt, weil er darin eine feste Größe ist. Er hat viel Zuspruch und wird gemocht. Wir dürfen hier Jörgs Familiengeschichte und frühkindliche Erfahrungen nicht außer Acht lassen. Solche Traumata bestimmen das Leben eines Menschen. Jetzt kann er selbst für andere Menschen da sein, ohne bindende Verpflichtungen eingehen zu müssen. Das scheint mir für einen Menschen wie Jörg Petersen optimal zu sein. Wenn ich es mir recht überlege, würde ich eine solche Position an seiner Stelle auch nicht aufgeben wollen. Eine gering bezahlte Arbeit wäre eher anonym und könnte ihm bei weitem nicht das geben, was sein Netzwerk um H&K kann. Durch H&K erfährt er eine unglaubliche Rückendeckung. Und was die Altersversorgung angeht, muss man auch kritisch sehen, dass jemand, der mit Ende 40 erst anfängt zu arbeiten, nicht viel erwarten kann. Warum also nicht Hinz&Kunzt, Sozialhilfe und die Einkaufswagen-Euros?

Wir brauchen dringend einen neuen Gesprächstermin!

Bei 29° ins Eiscafe.

September, 18.

Jörg Petersen macht für mich um 18 Uhr Feierabend. Wir sind im Eiscafe verabredet. Wie immer ist Herr Petersen gut gelaunt. Er strahlt geradezu vor Lebensfreude. Wir plaudern über die nächsten Events bei Hinz&Kunzt, so zum Beispiel das Jubiläum im November. Wie in letzter Zeit so oft, wird Jörg Petersen dann eine nicht ganz unwichtige Rolle spielen. Morgen ist auch wieder eine Fotosession geplant. Zum aktuellen Thema „Trittbrettfahrer" soll ein Beitrag für RTL entstehen. Die Obdachlosenzeitung hat ein echtes Problem mit kriminellen Trittbrettfahrern, die zum Beispiel auf dem Hauptbahnhof mit einer einzigen Zeitung Touristen und Fahrgäste anbetteln. Damit schaden sie der Aktion für die Obdachlosen ganz erheblich, selbst wenn sie es aus persönlicher Not tun. Jörg Petersen wird also erklären, dass die Käufer auf den aktuellen Ausweis der legitimierten Verkäufer schauen sollen.

Mit zwei Statisten hat Jörg Petersen am 19. auch einen Werbefilm für Hinz&Kunzt gedreht. Die Aktion heißt „Kaufe 2, verschenke 1", um den Absatz der Zeitung anzukurbeln.

Am lustigsten aber sind die Berichte über seinen Verkaufsalltag vor dem Aldi-Markt. Jörg Petersen erzählt, dass er nicht selten Zeuge krimineller Vorfälle wird. Er weiß inzwischen sogar, wie er die Ausgangstür des Marktes schließen kann, wenn wieder einmal Alarm ist wegen Ladendiebstahls. Was sicher nicht der Normalfall ist, habe ich jedoch selbst auch schon erlebt. Besonders zwischen Oktober und Dezember kommt es häufiger vor, dass osteuropäische Diebesgruppen auf Dörfern in Supermärkte einfallen, in der irrigen Annahme, hier käme die Polizei nicht so schnell.

Fünf bis sechs von ihnen verteilen sich im Geschäft. Einige stecken sich Ware in die Jackentaschen oder unter die Mäntel, wo sie offensichtlich große Beutel tragen. Oder

„Die kaufen irgendwas. Wenn sie dann bezahlen und der Kassierer die Kasse öffnet, halten sie seine Hand fest und grappschen in ein Fach mit Scheinen. Dann rennen sie weg."

„Ich war auch schon Unfallzeuge. Neulich versuchte ein älterer Herr aus seiner Parklücke rückwärts auszuparken. Er setzte 4-5 mal zurück und wieder vor. Jedes mal traf er das hinter ihm parkende Auto. Seine Frau schlug jedes Mal mit der flachen Hand auf den Kofferraum, um ihren Mann zu bremsen. Es gelang ihr nicht. Nachdem der Wagen dann endlich doch ausgeparkt war, stieg sie zu ihm in das Auto und sie fuhren davon. Um den Schaden, den sie angerichtet hatten, kümmerten sie sich nicht. Ich hatte mir ihr Kennzeichen aufgeschrieben und auch noch zwei andere Zeugen angesprochen, die für eine Aussage bereitstanden. Den geschädigten Autohaltern gab ich das Kennzeichen. Sie sind wohl gleich zur Polizei gefahren, denn vier Tage

später hatte ich einen 4seitigen Fragebogen von der Polizei im Postkasten wegen Zeugenaussage bei Fahrerflucht. Die „Ausparksünder" habe ich seit dem nicht wieder gesehen."

Sorge dich nicht, Lebe!

Kann es noch schlimmer werden,
als in diesen Tagen?
Deine Beschwerden,
deine Plagen?
Du fühlst dich gestresst
unter Wert entlohnt
empfindest als Pest
über die Maßen betont,
Haben und Reichtum,
Statussymbole,
all das Hohle -
Sei's drum.

Mach dem ein Ende.
Wag jetzt die Wende.
Besinn dich auf dich.
Was willst du?
Was erübrigt sich?
Schau ohne Zorn.
Werd' dir deines Seins bewusst.
Geh mutig nach vorn.
Erkenne, was du musst.
– Sorge dich nicht, Lebe!

Viel umme Ohren

19.10. Schon wieder Freitag! Herr Petersen steht heute nicht am Eingang des Aldi Marktes, sondern mitten auf dem Parkplatz. Den Grund erfahren wir gleich, als wir uns begrüßen. *„Da im Schatten ist es grad zu kalt"*, sagt Jörg Petersen lachend. „Ihnen geht es gut?" frage ich. Er strahlt mich an. *„Sehr gut! Ich hab so viel umme Ohren!"*
Natürlich will ich wissen, was das ist, das er in Mengen um die Ohren hat.

Er hat mit der Zahnbehandlung begonnen. Röntgenaufnahmen sind gemacht, ein Behandlungsplan ist aufgestellt. Als nächstes steht wieder ein Fotoshooting an.

Jörg Petersen ist inzwischen „ein Gesicht" für die Belange der Obdachlosen und Hinz&Kunzt. Er drückt mir drei Din à 4 Seiten handschriftlich eng beschrieben in die Hand.

Nach zweimonatiger Sommerpause haben wir ehemaligen Romreisenden uns wieder im kleinen Michel getroffen. Um 17 Uhr gab es eine Andacht, danach ein Essen in der Unterkirche. Die Philippinische Gemeinde hat für uns gekocht. Anschließend sahen wir den Film „Adams Äpfel", den wir dann diskutierten. Es ging um die Hiobs-Geschichte.

Am 3. Oktober habe ich einen Backtag eingelegt. Da ich zu Hause keine eigene Küche habe, nahm ich das Angebot von Bekannten an, ihre zu benutzen. Für meinen Geburtstag am 6. backte ich wie jedes Jahr Apfelkuchen vom Blech, der mir gut gelungen ist. Als Dank machte ich noch Vanille-Äpfel für meine Bekannten. Ein Hochgenuss!

Den Apfelkuchen habe ich mit zum Verkaufsplatz genommen. Einige Kunden sprechen schon vom „Apfelku chentag". *Diese Backaktion ist für mich eine Möglichkeit, mal ein wenig zurückzugeben. Als ich um 14 Uhr Feierabend machte, war gerade noch genug Kuchen für den Nachmittagskaffee übrig.*

Am 8. Oktober hatte ich hohen Besuch! Meine Mutter kam mit ihrem Lebensgefährten. Ich habe sie am Hauptbahnhof abgeholt und eine kleine Stadtführung mit ihnen gemacht. Wir waren auch im Rathaus, wo ich die Petition übergeben hatte. Von dort aus sind wir zur Nikolaikirche und zur Elbphilharmonie gegangen. Auf der Plattform genossen wir die wahnsinnige Aussicht. Wieder unten angekommen, tranken wir den Kaffee, den Mutter in einer Thermoskanne dabei hatte.
Weiter ging es zu den Landungsbrücken und mit der U3 zum Jungfernstieg, dann die Colonaden hinauf zu Planten un Blomen. Dort ruhten wir uns auf einer Sonnenterrasse aus. Wir tranken Kaffee und aßen Kuchen, bevor wir zum Hauptbahnhof zurückfuhren. Bei Schweinske gab es dann noch was zu essen und mit vollem Bauch sind die beiden wieder mit dem Zug nach Hause gefahren. Es war der erste Besuch meiner Mutter nach vier Jahren!

Auf dem Heimweg denke ich darüber nach, was für ein Gewinn dieser positive Typ für die Menschheit ist. Das ist nicht übertrieben. Es liegt nicht daran, dass er den Kunden die Einkaufwagen richtig packt oder vor dem Supermarkt die Blumen in den Auslagen ordnet. Er ist eine feste Größe dort an seinem Verkaufsplatz. Fast jeder Kunde bekommt ein freundliches Wort. Fast jeder hat eines für Jörg Petersen. Manche begrüßen ihn mit Handschlag. Man stutzt, wenn er mal nicht an seinem Platz ist und gleich gehen die Fragen los. „Wo ist er? – Hoffentlich nicht krank! – Sicher ein Fototermin. – Auf den Malediven?"

Für uns kommt der nächste Freitag bestimmt.

22.10.2018

Wir hatten wieder ein Fratello Treffen im kleinen Michel. Pater Kuno hielt eine Andacht. Dann gab e sin der Unterkirche ein warmes Essen. Anschließend haben wir uns auf den Welttag der Armen am 18.11.18 vorbereitet. In drei Gruppen trugen wir Ideen zusammen. Ich wurde zum Schriftführer und Redner der Gruppe

„Wandzeitung" gewählt. Auf diese Wandzeitung dürfen Besucher an dem Tag Vorschläge oder Kritiken schreiben. Es wird auch einen Workshop zur Petition des Winternotprogrammes geben. Ein Jahr danach startet das neue Programm. Ich möchte gern zeigen, was es bisher gebracht hat.

29.10. Fotoshooting und Interview. Benny von H&K befragte mich zum Thema „Lieblingslied". Meines ist „Geboren um zu leben" von Unheilig. Bei der Trauerfeier meines Bruders spielten sie „Mein Stern". Ich erinnere mich, dass ich damals eine Gänsehaut bekam, weil Stimme, Text und Musik mich so berührten und emotional mitnahmen. Ich kaufte mir damals die CD und wurde Fan von Unheilig. Aus ihren Texten und der Musik ziehe ich für mich wahnsinnig viel Kraft. Es hilft zum Abschalten und Entspannen genauso wie zum wieder Aufbauen. Für mich ist diese Musik fast wie ein Mentaltraining. Ich kann die Umgebung dabei ausblenden und mich ganz auf mich besinnen.

Wann, wenn nicht jetzt?

Wann, wenn nicht heut
packst du es an?
Hast schon bereut,
dass dann und wann,
du hast gezaudert,
dich hast gedrückt,
dass es dich schaudert,
weil du dich gebückt?
Wann, wenn nicht jetzt,
willst du nach vorne schauen?
Bist du vernetzt,
kannst auf die Zukunft bauen?
Trau dir was zu,
glaube an dich!
Genau du
stehst jetzt im Licht.
Deine Zeit ist gekommen,
du bist nun dran,
hast dich frei geschwommen
glaub fest daran.
Vertrau auf dein Können,
glaub an dein Glück
du machst das Rennen,
kein Blick zurück

H&K wird 25

Am 6.11. wurde H&K 25 Jahre alt. Die Hamburger
Markthalle war so gut besucht, dass bis zum Schluss
Gäste auf der Treppe auf Einlass warteten. Neben Essen
und Trinken gab es ein Bühnenprogramm. Es wurde viel
über die Entwicklung der Organisation erzählt. Auch Dr.
Stephan Reimers, der Gründer, war anwesend. Dem
Letzten wurde klar, wie wichtig die Zeitung für die Obdachlosen der Stadt ist, wie sehr sie auch „Familie" für
diese bedeutet.

Jörg Petersen stand als Co-Moderator mit auf der Bühne
und wurde selbst interviewt. Wir waren seinetwegen
dort und durften feststellen, wie routiniert und doch
bescheiden sein Auftritt war. Äußerst eloquent in seinen

Formulierungen, fiel es schwer, ihn sich als ehemaligen Obdachlosen vorzustellen.

Ich war total aufgeregt. Mein Herz hat geschlagen, als ob es raus wollte. Aber als ich dann da auf der Bühne stand, da war ich plötzlich ganz ruhig.

Obdachlos

Irgendwann ausgeklinkt
aus dem normalen Leben,
zaghaft zurückgewinkt
ängstliches Beben.
Was wird die Zukunft bringen?
Wie schaffe ich das?
Wenn zur Nacht mir die Vögel singen,
aber entgegenschlägt Hass?
Wie lange kann einer auf der Straße sein,
ohne den Schutz einer Wohnung?
Fühl mich so klein
Ganz ohne Schonung.
Wo geht es zurück
zur Normalität?
Wo find ich mein Glück
Oder ist es schon zu spät?

Wieder ein Jahr

Wieder naht Weihnachten und ein Jahr geht zu Ende.

Vorher gilt es jedoch wieder, die Regeln der Bürokratie zu erfüllen.

22.11.
Ich musste zum Job-Center in Buchholz um einen neu-en Antrag abzugeben. Mit Hilfe von Isabel, einer Sozial-arbeiterin von H&K, hatte ich schon vorher den Antrag ausgefüllt. Mit meiner Wartenummer kam ich nach 40 Minuten an die Reihe: "Empfang". Persönliche Daten wurden aufgenommen. Dann wieder 30 Minuten war-ten. Mein Antrag wurde entgegengenommen und

durchgesehen. Ich bekam einen weiteren Teil des Formulars mit der Aufforderung, eine aktuelle Meldebescheinigung zu besorgen. Ich bekam zwei neue Termine mit. Am

28.11.
Abgabe des kompletten Antrages.

30.11.
Berufsberatung
Nach einer Stunde Gespräch erhielt ich einen Bildungsgutschein der Grone Schule mit dem Angebot, die Hilfe eines Mentors zu buchen.

3.12.
Mit meiner neuen Mentorin ging ich zur Grone Schule. Drei Stunden Gespräche und Anträge folgten.
Sie wird mir nun Hilfestellung geben bei Anträgen und auch bei medizinischer Begleitung und Terminabsprachen mit Ärzten. Der Gutschein „Mentor" gilt bis Ende Februar. Einmal pro Woche persönliches Gespräch und einmal telefonische Beratung stehen mir zu.

4.12.

Die Weihnachtsfeier von H&K in der Fischauktionshalle war wieder sehr schön. Stephan Karrenbauer und Jens Ade fragten mich, ob es mir recht wäre, von RTL interviewt zu werden. Natürlich stimmte ich zu und so begleiteten mich die Redakteure den ganzen Abend über. Es hat mir Spaß gemacht, ihnen ihre Fragen zu beantworten.

Für Jörg Petersen hat sich im vergangenen Jahr einiges getan. Er selbst hat viel bewegt. Und wir sind sicher, dass er seinen Weg weiter gehen wird. Er wird sein Gebiss sanieren lassen und die nächsten Schritte tun. Er möchte sich für die Obdachlosen einsetzen, weil er davon etwas versteht und weil er sich in der Lage sieht, ihnen etwas geben zu können, mit Unterstützung von Hinz&Kunzt, seiner neuen Familie.

Seit 1. November läuft wieder das Winternotprogramm. In Hamburg stehen 760 Plätze für die ca. 2000 Obdachlosen zur Verfügung. Zu Beginn sind noch 250 Plätze frei, denn Obdachlose mit Hunden dürfen nicht hinein.

Für sie gibt es andere Unterkünfte. Osteuropäer weichen auf die Wärmestube in Hohenfelde aus, wo sie auf dem Boden schlafen. Dürfen. Das Angebot nahmen Mitte November 55 Obdachlose an. Viele scheuen aber jede Unterkunft. Die haben Angst vor Krankheiten oder beklaut zu werden.

Ruhe hat man in den 109 Wohncontainern der Kirche, die verlost wurden. 1-2 Menschen bewohnen einen beheizten Container, den sie auch tagsüber benutzen dürfen. Sie haben selbst den Schlüssel. Fast ein richtiges Zuhause.

So gut haben es die Bewohner des PIK AS nicht. Die hygienischen Verhältnisse sind bei 330 Schlafplätzen eine Katastrophe, wie Obdachlose berichten. Bis zu 12 Menschen schlafen hier in einem Raum. Nur Obdachlose mit Hund bekommen ein eigenes Zimmer.

Die Stadt stellt ca. 650 Schlafplätze in der Friesenstraße und in der Kollaustraße zur Verfügung. Frauen und Paare haben separate Bereiche.

Zur abgelegenen Kollaustraße fährt abends und morgens ein Shuttlebus.

In der Friesenstraße übernachten 300 Obdachlose in Mehrbettzimmern (3 – 6 Personen). Es gibt abschließbare Schränke, in denen die Menschen ihre Sachen lagern können. Morgens um 9:30 Uhr müssen sie die Unterkunft verlassen.

Anfang April müssen alle, egal, wo sie im Winter unterkamen, zurück ins Freie.

Noch steht die Forderung, dass das Winternotprogramm durchgehend für alle Obdachlosen geöffnet sein muss, weiter im Raum. Die Einwände dagegen sind teilweise verständlich, trotzdem betrifft es Menschen, egal woher, die zu erfrieren drohen. Die ersten Kältetoten sind schon wieder zu beklagen.

„Obdachlosigkeit" – ein ernstes Problem. Jörg Petersen hat es geschafft, wieder sesshaft zu werden. Noch ist nicht alles, wie er es sich wünscht, aber er arbeitet daran. Nach seinen Möglichkeiten. Durch seinen selbstlosen Einsatz für ehemalige Leidensgenossen, hat er Aufmerksamkeit erlangt, die ihm dabei weiterhilft.

Wenn Jörg Petersen seine Verkaufsplatz eines Tages zugunsten eines festen Jobs verlässt, werden es seine Kunden bei aller Freude für ihn bedauern.

29.03.2019

Wieder Freitag. Jörg Petersen kommt mir schon auf dem Parkplatz des Supermarktes entgegen. Er strahlt! Ja, da sind zwei Reihen wunderschöner weißer Zähne! Er hat sich getraut, zur Zahnbehandlung zu gehen und er hat gewonnen. Vor mir steht ein sehr ansehnlicher Mann Ende 40, der soviel Lebenslust ausstrahlt, dass ich ganz sicher bin, dass Jörg Petersen seinen Weg machen wird.

Ich seh den Himmel,
.....aber die Straße bleibt im Kopf

Bücher von Karin Brose

Ein Kreuz mit Kugelschreiber

Mit Mutter stirbt die Dauerwelle

Herbst

Golf, Spazierengehen auf Rasen

Mama, du nervst

Shari

Leben in Versen

Survival für Lehrer
Survival für Referendare
Survival für Eltern

So geht das (Lernbuch für Kinder)

124